东方文艺复兴之旅丛书

Journey to Oriental Renaissance Series

圣迹怀古

圣地亚哥朝圣之路

Worshiping the Sacred Relics and Meditating
on the Past Camino de Santiago

一方 著

中国文联出版社

http://www.rlapnet.cn

图书在版编目（CIP）数据

圣迹怀古：圣地亚哥朝圣之路 / 丁方著 . -- 北京：
中国文联出版社，2017.10
（东方文艺复兴之旅丛书）
ISBN 978-7-5190-3173-2

Ⅰ . ①圣… Ⅱ . ①丁… Ⅲ . ①游记—作品集—中国—
当代 Ⅳ . ① I267.4

中国版本图书馆 CIP 数据核字 (2017) 第 258339 号

圣迹怀古——圣地亚哥朝圣之路

作　者：丁　方			
出 版 人：朱　庆			
终 审 人：奚耀华		复 审 人：曹艺凡	
责任编辑：邓友女　冯　巍		责任校对：严梦阳	
封面设计：吴文越　武珊珊		责任印制：陈　晨	

出版发行：中国文联出版社

地　　址：北京市朝阳区农展馆南里 10 号，100125

电　　话：010-85923076（咨询）85923020（发行）85923020（邮购）

传　　真：010-85923000（总编室），010-85923020（发行部）

网　　址：http://www.clapnet.cn　　　　http://www.claplus.cn

E - mail：clap@clapnet.cn　　　　　fengwei@clapnet.cn

印　　刷：中煤（北京）印务有限公司

装　　订：中煤（北京）印务有限公司

法律顾问：北京市德鸿律师事务所王振勇律师

本书如有破损、缺页、装订错误，请与本社联系调换

开　　本：710×1000　　　　　　　1/16

字　　数：133 千字　　　　　　　印张：10.25

版　　次：2017 年 10 月第 1 版　　印次：2019 年 3 月第 2 次印刷

书　　号：ISBN 978-7-5190-3173-2

定　　价：32.00 元

目　录

下半部　浮想联翩

CONTENTS

First Half   Traveling Journal

Second Half Indulging in Wondering

上半部

徒步日记

第一天（2011年7月24日）

从马德里乘城际铁路火车颠簸三小时来到潘普洛纳，然后再从这个一年一度举行奔牛节的古城转乘大巴，经弯曲山间公路抵达圣让·皮耶德波尔，一座地处法西边境的法国小镇。它以圣地亚哥朝圣路——阿拉贡之路的起点而闻名天下，而阿拉贡之路是圣地亚哥朝圣路的骨干路线。

圣让·皮耶德波尔临河而建，其年代可溯至罗马帝国统治时期。它不仅是帝国的货物漕运的港口，而且是抵御蛮族侵扰的堡垒，这可从建筑中读出。小镇的城墙坚固厚重、堞垛致密，箭矢孔口呈狭长的悬针形，尖锐地剥离出当年它作为阿拉贡王国要塞与攻城的柏柏尔军队浴血奋战的痕迹。

大批朝圣者已在阿拉贡之路的起点——主教堂前的广场聚合，钟楼上忽然响起洪亮的钟声，那略带震颤的音波传得十分悠远，唤起人们同样久远的记忆。我们漫步于穿镇小街，在陡上陡下的圆石路上细细品赏前方的教堂，它形似一座踞守于护城河岸的堡垒，其外轮廓为罗马的巴西利卡式风格，哥特式火焰形大门标示着它正从罗马的世俗建筑风格中超拔出来，而走向信仰王国。转到教堂背后，是一片色彩浓郁的赭红岩石砌体，构成拜占庭式六角形造型，在野花的簇拥下散发着古老的精神芬芳。

我轻轻抚摸着教堂的墙体，如同在聆听马丁·路德的圣咏"上帝是一座坚固的城堡"的旋律，而眼前这座教堂作为罗马/高卢的变体，则记录了使徒传道时期以信仰之力拔除死亡毒刺的决心。因此，在那个时代的人眼里，由信仰者双手垒砌成的教堂，甚至比死亡还要坚强。

沿河向南行走不远，是一座造型十分吸引人的石桥，当我瞩目欣赏时，却发现竟然有人不仅早就在观察，而且正不遗余力地画它！这是两位年轻的当地姑娘，坐在通向河面的石级上，她们皮肤黝黑、圆浑健壮，但语言却十分羞涩贫乏，我们问三句方才回答一句，而且每句不超过两个词；似乎米勒画笔下的法国南部农村女孩又活转过来，只是穿了牛仔服和便行鞋，在我眼中，她们羞涩的红晕就如同袒露于眼前的美景。

按事先所预订，我夜宿于一家酒吧附设的客房。女店主的女儿是一位相貌平常但线条精致的黑发姑娘，她动作敏捷地带领我们爬上三层阁楼，打开一个布满舒适软包家具的房间，怯声怯气地用法语说道："就是这里，可以吗？"然后脸上浮现出迷人的笑容。我们随便应付了一句便倒在床上，怀着对那温馨笑靥的记忆而坠入梦乡。

第二天（2011 年 7 月 25 日）

今天的行走既十分艰苦又极富诗意，脑海被公元 1 世纪的重大事件缠绕。公元 42 年，甘英受朝廷之命勇探"丝绸之路"的兴都库什山脉/伊朗高原以西路段，试图打开东汉王朝与大秦（罗马帝国）的直通路线，但行至波斯湾时却人为受阻，安息帝国的官员们编造了一系列谎言，说此海无涯、断无竞渡的可能，结果是使甘英在叹息之余无奈折返，使中华帝国失去了了解西方的机会。

在同时期，性格坚强的雅各完成了地极传道之旅，应天命而在圣城耶路撒冷受难。两年后，雅各的门徒将他的遗体装到一艘罗马商船上，在没有船员领航的情况下历经七天风浪颠簸，奇迹般地在加利西亚海岸登陆，接着在经历了一系列更为神奇的遭遇后，终于将雅各遗体安葬，并使卷入此事的卢帕（Lupa）女王改信基督教。

约二十年后，精力旺盛的保罗第五次——也是最后一次到耶路撒冷，兑现了"将福音传至外邦"的誓言，从而全面开启了信仰（基督）王国征服现世（罗马）帝国的伟大历程。由此看来，公元73 年发生在马萨达的犹太人集体自戕的悲剧，竟是欧洲传播福音的起始动因，正是在所罗门王、希律王建造的圣殿被罗马人焚毁之际，耶路撒冷的基督教会决定离开圣城而赴外邦传道，与传统犹太教义分道扬镳，最终使基督教成为世界性的宗教。

从圣让·皮耶德波尔向西行始终是上坡，耀眼阳光下的青色公路直刺远方的幽暗天空，仿佛欲破解蓄积于历史铁灰下的忧愤。登上山梁，晴空烈日下，大朵白云如羊儿奔跑般疾行，比利牛斯山区

图1-1　登上比利牛斯山脉北麓的龙塞斯瓦列斯隘口，北大西洋的雾气升腾，依稀可见地平线尽头的神秘光辉。头戴王冠的圣母怀抱圣婴，仿佛是在为中古圣骑士之歌《罗兰之歌》咏出最初的音调

漫坡的风景尽收眼底，心中油然升起一股豪情。行至中午时分，随着海拔的下降，云雾没顶、雨意渐浓，进入树林后瞬间冷珠挂满全身，十米之外不见形影，有如当年但丁在桂冠诗人的引导下，行进于净界崎岖狭道的愁云惨雾之中。待复又登顶，云开雾散处视野无垠，牛儿、马儿、羊儿低首吃草，铃声悠扬百转、响彻原野。阳光点染出大地的天然之美，眼前所有的造型色彩皆指向一幅重返伊甸园的原初生命图景。

抵达驿站龙塞斯瓦列斯的时候已是黄昏时分，当我从巨大教堂背面瞥见最后一抹晚霞时，一股长途跋涉的困乏与甜美涌遍全身。宿营的"朝圣者之家"是由一座修道院改建，从公路边广场花圃下楼梯向左拐弯进入一座城门，再向右拐穿过一扇残破的罗马式拱门，眼前豁见一片铺着白石子的空地，与高大修道院的白色墙体和灰色铁皮屋顶互映，构成典型的法兰西建筑色调。进入接待厅时，我遇见两位来自阿姆斯特丹的中年妇女，她们作为志愿者已在此服务数年，其热情的态度、诙谐的言谈使入住者们顿觉放松。当徒步朝圣者们办完手续拖着沉重步伐上楼就寝时，空旷的廊道中仍回荡着她们爽朗的笑声。

第三天（2011 年 7 月 26 日）

与我同行的旅伴中有一位名叫迈克尔的丹麦青年，在路上他不停地重复一个动作：用树枝编成十字架，然后小心地嵌入护栏的铁丝网格上。这种方式看似别出心裁，实际上是重复自古以来朝圣者们对圣地亚哥之路的认同，只不过方式相异，它可解读为信仰在不同历史时空中的表征。

当我行进到最后五公里路段时，蔽天密林使原本阴沉的天空变得更加忧郁，周遭的一切事物都是湿漉漉的。站在给人以幻觉的陡坡上，剧烈抖动的膝盖在不断提醒我负重与身体的紧张关系，它触及一个亘古的命题，即"沉重的肉身"。

羸弱的双膝、渴望的灵魂！正是在此时此刻，人们得以在朝圣途中真切体验"救主的苦路"之意义，体验这一"肩负人类十字架"事件之内涵！基督——复活的耶稣，给予第一代使徒以无穷的精神力量。如果说阿育王传道是人文史上最重要的事件，那么十二使徒传道便是人类精神史上的头等大事，因为正是在这条荒野之路上诞生了欧洲。

在我脚下的路，其物质构成充满了意味，它们分别有砾石、沙石、片石和其他矿物质，它们与隐匿在历史铁灰下的"罗马砌体"形成微妙的对应关系。人类对石头和水泥的认识，受惠于罗马的建筑文明，它作为世界主义的载体语言渗透在帝国的殖民中。

牡蛎贝壳是圣地亚哥之路的主要象征，路途中我惊异地发现：它不仅作为自然状态的标志物，而且还渗透到建筑语言中！朝圣者们路过的每个村镇，首先映入眼帘的是民宅门头，以明白的建筑语言坦露了一个已尘封数百年的秘密——从罗马拱券建筑形式中走出，走向具有神圣象征意义的光轮。拱门的平面造型是圆形与贝壳形的相互转换，贝壳的自然纹理在此变成直线，并延伸为光芒，与基督教圣事艺术中人物背后的光轮叠合。这种从贝壳到光轮的变化，仿佛是由某种强大的精神理念所引导。

　　我于傍晚时分到达一个名叫拉苏瓦尼亚的小镇，青年旅社已客满，于是便在近旁的一家私人旅店中留宿。房主是一个十分精明的白胡子老头，三层楼房除自己住一间外悉数改为客房。我住的是一间半地下室，紧凑放置了四张双人床，每床十五欧元。虽有些憋屈，但乏倦之下也就凑合啦！

第四天（2011 年 7 月 27 日）

大清早起来，我迎着和煦的晨风上了路，一直行走在比利牛斯山脉南麓的坡地边缘，心旷神怡。这是北海冷空气与西班牙内陆干热气候的分水岭，露珠冷凝、云雾蔽天，清新的空气不断沁入肺腑，得以一吐胸中浊气。

沿途越来越深刻地感受到罗马砌体是如何影响当地人生存形态的，它们分别出现在教堂、修道院、市政厅、图书馆、医院、会堂、大宅、民居当中，一层层地往下渗透，直触民族之根基。经过十个世纪滋养浸透之后又生出新芽，古树藤蔓伴随着它们一道成长，将昔日的血腥年代的创伤仔细掩藏。

我在弯曲的小道上逶迤而行，随着身位的转移，山坡丘陵不时变换出陌生的岔路，不断滋生选择的迷惑。恰在此刻，黄色的扇贝标志为旅人校正路线，指明正确方向。行至下午，每人均已大汗淋漓、焦渴难耐，翻过一个陡坡，却又有一番新鲜景象呈现眼前。从设置原木护栏的碎石路上遥望过去，首先进入眼帘的是小城比亚瓦的倩影，掩映于浓荫苍翠中的红赭屋面与白色墙体，拱托出教堂尖耸的金顶，当它突出于地平线的一瞬，顿时焕发出永恒意义：耳边如闻德国作曲家乔治·弗里德里希·亨德尔的清唱剧《以色列人在埃及》中的咏叹调，那历经苦难后遥望"迦南之地"的感动，由男高音缓缓抒发，热泪随之婆娑而下。

进入比亚瓦必经一座石桥，它是罗马砌体在道桥方面的杰出典例，其石块的选择与营造方式生动体现出整个伊比利亚在现世帝国

图 1-2 放眼望去，比亚瓦普通的土地、平凡的植被，由于有了贝壳标志而形成了一条精神之路，它使朝圣者们在疲乏之际获得了继续前行的动力

坍塌、"上帝之城"确立的转折关头之精神姿态，那严密的造型和坚固的砌体，经过一千三百年的考验依然挺立，令后人感动之余，徒叹难以企及。这座桥所连接的罗马驰道，既是"条条大路通罗马"的通衢，也是第一代使徒逆向行走的传道之途。当那些伟大先行者的脚步遍及昔日帝国的多个角落时，新的精神王国从旧的躯壳中诞生之命运，亦被注定。

第五天（2011年7月28日）

潘普洛纳，一座建在高低起伏丘陵上的古老城市，从城墙外廊到城关大门，从城内街道到大教堂，无处不充满了身位动姿的转换。毫无疑问，该城的精神中心是潘普洛纳大教堂，呈放射状的道路将它与城区的各个角落联系起来，而路两侧形体修长的楼房，以及罗马式的漏斗向心形排水系统，给向高处的行走平添了一种险峻的感觉。由于大教堂地处制高点，所以人们从任何一个地方前往大教堂都必须保持拾级而上的姿态。我所入住的耶稣与玛利亚会堂距主教堂仅百米之遥，每逢进出必体验这种身体姿态，显得意味深长。

除此之外，进城道路的设计亦令人印象深刻，一条铺石大道足足绕城墙半圈，沿途被冷峻墙体拒斥，被敌楼箭孔审察；它意味着每个异乡人都必须在城墙刀兵的注视下小心翼翼地通过。当最终抵达城门时，整出戏剧方到高潮，这是一个由绳索机械装置与古罗马建筑形成的防卫系统，尖利的线条和坚硬的石墙显出堡垒冷酷的一面，它的唯一功能是

图1-3 夜幕中的潘普洛纳城，建筑朴实无华，灯光将每一处纹路肌理的呢喃絮语悉心记下。这凝固的历史场景，奉献出信仰初降伊比利亚原野时的奥秘，古代艺术工匠的灵性创造力，闪射着璀璨精光

对进出人口进行无情的身份识别，中世纪城堡要塞的本质在此时毕显无遗。

经过这道铁闸般的门，再登上一条长约四百米的坡道，方才是正式的城门，它由洁白的石灰岩筑成，门额上的吼狮盾形标志在其他装饰纹样簇拥下，显出王者气质。过城门入内顿觉一暗，大片浓重树荫遮天蔽日，黑压压的建筑与街道混成一体，石铺大道反射出鱼鳞状的亮斑，一派诡谲气息。

我沿着古老街道一直逛到天黑，发现这座城最迷人的时光是夜幕降临之后。造型灯将建筑立面与线角的每一个转折都呈现出来，甚至一盏普通的路灯，也能把弃置于街角的老旧建筑构件之魂勾索出来。正是在此时此刻，白昼淹没在刺眼阳光下的古代肌理，舒展筋骨并开始呢喃絮语，向路人倾吐久远的秘密；只是现代人浑然不觉，就如同掩耳盗铃者强行将自己隔绝在音响世界之外一样。

第六天（2011 年 7 月 29 日）

大约凌晨四点，我悄悄起床，背着包蹑手蹑脚地走出门来。抬头深吸一口清新的空气，只见繁星闪烁，静谧的小城仍处于梦乡，正在轻轻吐纳古老的气息。沿着出城街道向西前行，斑驳的条石铺路在街灯映耀下显出一圈圈柔和的光波，大地显出母体的承纳性，无比神秘。路过教堂前的下沉式广场，罗马喷泉的西班牙形式，在夜间射灯的照耀下现出意想不到的情景：灯光突显出石雕雄狮的体态，它正在昂首向顶部攀爬，似乎要将流水泉口撕开一个更大的口子。那奋力向前的形象，与亚述王国的著名浮雕《受伤的狮子》中母狮的姿态灵犀相通。这使我不由得想起罗马城内西班牙广场上的喷泉，由群狮和一组神祇组成，喷水的轰鸣声不绝于耳，水花四溅，池内满是钱币的倒影。两者相比，一个宏大、一个小巧，一个豪华、一个简朴，但都是滋养城市的活水，从罗马到这个小城的漫长距离，暗中改变了喷泉的性质。它从帝国首善之都的标志变为基督教牧养人民的设施，其形态反差之巨大令人嗟叹不已。

太阳升起，天空放亮，大地推开晨雾轻纱而显出天生丽质：油绿的草坪、亮黄色的麦地、赭红色的葡萄田和橄榄绿的森林，在白色云朵驰过天空时不断变幻影姿，色彩浓淡相宜，就像天使的羽翼华服。

随着蜿蜒小路伸入纳瓦拉原野腹部，葡萄酒庄园的醇厚酒味弥漫在周边空气中。当我来到一个免费提供给朝圣者葡萄酒的饮酒站时，感应灯骤亮，不锈钢设施上并列两个黄铜质水龙头，其璀璨光亮煞是吸引人。我仰脖痛饮一番葡萄酒后，感慨之余开始了内心的自我对话，关于欧洲红酒文化与中国诗酒文化的比较。不觉之间，我的思路愈行愈远，似乎能追上天边的云彩，同时，脚步也变得像云朵那般轻快，不费力就到了预定的留宿地。

第七天（2011 年 7 月 30 日）

经过一天艰苦行走来到纳赫拉，一个充溢着宽松休闲气息的小镇。河岸边婆娑树影下，露天篷吧桌椅满座，冰啤泡沫驱散溽暑，漾起阵阵惬意凉风。梧桐浓荫下屹立着斐迪南三世雕像，一位卡斯蒂利亚国王，因善迹多多而被册封为圣徒，雕像的挺拔形态透露出中世纪的虔敬与专注。

皇家圣玛利亚修道院，卡斯蒂利亚王国时期最典型的宗教建筑，始建于 1052 年，复建于 15 至 16 世纪，以上这些年代记载，均为不同部分风格相异的建筑所印证。修道院的原型是罗马—拜占庭—诺曼样式的混成，内门立面则是典型的西班牙文艺复兴时期风格，这些不同年代的要素，被巧妙地融汇于建筑整体中，若不仔细辨认会完全忽略过去。修道院顶部的钟楼上，设有一座现代时钟，它形象地说明，自公元 5 世纪以来，时间和记忆均由信仰规定，即所谓"奥古斯丁世界的时间观"。在这个世界中，时间的指令——钟声从上帝之城发出，指导尘世生灵过好每一天，浸濡在溢满的精神生活中，向自己的生命终点从容迈进。

经过修道院向右拐，穿过一段破旧小巷，蓦现截然相反的景象，窄巷忽地变宽，店面装饰豪华，橱窗中灯火通明、五光十色，酒吧中人头攒动、烟雾缭绕。坦胸露背、涂抹厚厚唇膏的年轻女郎来去匆匆；留着莫西干头型的男青年双手插袋横立街头，鼻穿臂钏在霓虹灯下闪亮；更有白胡子老头身穿粉色衬衫招摇过市，如同看到《欲望号街车》的西班牙版本。

图 1-4 圣玛利亚修道院拥有优美的曲线，犹如一位风姿绰约的贵妇。建筑通体遍布牡蛎扇贝形，它承续了圣雅各步道传奇最原初的标志，也是卡斯蒂利亚王国发起"收复失地运动"的信心源泉所在

　　我好不容易挤出人群向客栈奔去，那里却是另一番景况，金属衣架上挂满晾晒的衣服，肤色黝黑的徒步者们或准备食物或急忙进餐。一位韩国妇女指着自己肿起的右脚踝连喊"我挂了，我挂了！"，诙谐中不乏自认倒霉的无奈。转过身来遇到丹麦的米歇尔，感觉他神清气爽，交谈后方知，他将沉重背包通过邮递寄往下好几站，自个儿已是一身轻松，可上演"千里走单骑"，真叫棒！

第八天（2011年7月31日）

　　今天行走的目的地是二十二公里外的圣多明戈 - 德拉卡尔萨达。徒步于烈日当头下的乡间大道上，它与我前几天所走的法国路段大相径庭，而与中国北方农村中常见的道路颇为接近，都是廉价的、简易的、未经碾压的碎石尘土混合物，只不过后者在恶劣气候里更易尘土飞扬。

　　如果说这里的乡间大道富有诗意，皆因为它被丰富多彩的野花莠草所环绕，仿佛上帝造万物时特意关照了这个地方，同时也显示出西方古代神话里"欧罗巴"这个被公牛劫持的女人自身的丰满富饶。

　　途中向远处瞭望，已收获一遍的麦地，按田陌的自然分割形成饱满弧线向天际旋去，麦茬之间长满了鲜艳欲滴的小红花，它就像红斑花岗岩中的重色纹理，为大地奠定一种庄严华美的基调。

　　沿途地形多为丘陵，高坡上的地平线对旅行者心理具有特别重要的意义，它既是阻障——屏蔽了人们对驿站、客店甚至城镇的期望，又是希望所在——希图在越过它的一刹那彻底看清前途，从而坚定对未来的信心。这种感觉不仅是自古以来信仰者们的瞬间经验，而且也是他们的终极经验。若论这一经验的古代经典，首推摩西率族人登上尼波山顶眺望迦南之地，而现代最深刻者当是马丁·海德格尔，如他所说：诗人从暗夜中出发，在寻访神圣的旅途中不断开拓新的地平线。

图 1-5 圣多明戈大教堂那嶙峋秀美的形影，体现出典型的西班牙巴洛克式风格，它汇集了东西方建筑的想象力与雕琢技术，那晶莹剔透的高耸塔楼，令人想到每天黎明破晓之际，一位勇敢的号手摸黑登上塔楼顶端，用嘹亮的号声将全城民众从睡梦中唤醒

当我来到圣多明戈 - 德拉卡尔萨达时，城中央赫然屹立着建于12世纪的圣多明戈大教堂，它的钟塔楼是一个巴洛克意味浓郁的筑体，叠加在文艺复兴风格的塔楼体上。钟楼作为该城的制高点，其高度超出一般常规，大概于十公里之外也能看见。为一睹高处风景，我当即购门票、沿塔楼内昏暗甬道拾级而上，走到腿酸膝盖痛甚至感觉已无望时，终于看到一束强光射入，大地重新朗现眼前。塔楼顶部结构呈八角形，四口青铜铸就的大钟朝向东南西北四面悬挂在铁架上；从塔楼顶端鸟瞰，阳光恩泽大地，城市、农田、原野、山脉尽收眼底，无比的视觉享受。在高处微风的吹拂下，我的思绪飘向远方，越过比利牛斯山脉、阿尔卑斯山北麓而到达莱比锡，正是在圣托马斯教堂的管风琴演奏席上，约翰·塞巴斯蒂安·巴赫创作

出了第 140 号康塔塔《醒来吧，一个声音在高高呼唤》，它的创作灵感来自作曲家每天看到的情景：黎明破晓之际，一位号手沿黑暗狭窄的梯级登上教堂塔楼顶端，用嘹亮的号声将全城民众从睡梦中唤醒，开始新的一天有意义的生活。乐曲起始部分一直为能够踩踏上步点的节奏所贯穿，生动、明快、有力，象征着天使以天堂的号角给尘世生灵注入新鲜动力，让所有失望的人重拾信心。于是，在这一天余下的时间中我便与 J. S. 巴赫的旋律同行，而忘却了现实世界。

第九天（2011年8月1日）

从圣多明戈出发，一路平淡无奇，沿途风景仿佛按照昨日依葫芦画瓢，不觉之间来到留宿驿站贝诺拉多。未曾想到的是，一个不足三千人的镇子竟拥有四座教堂！毗邻老旧市政广场的是圣彼得罗教堂，它建于公元8世纪，属罗马古风，17世纪曾遭严重损坏，于18世纪由市政厅出资重修，其重点是正门立面及钟楼。这座教堂控制着老城区的唯一广场，周边是建于20世纪初的石砌拱廊，阴影中布满店铺，它们与广场上的杂货排档摊位在争夺顾客，人们摩肩接踵、熙熙攘攘，好像是北京大栅栏、南京夫子庙的微缩景观。

小镇新拓展部分如同我步行的来路一样索然无味，标准的建筑样式，在追求居住面积的模块化生产过程中，文化与审美被压缩到最低限度，功能主义之上的利益最大化已成第一律令。一路上的视觉疲劳使我赶紧从腻味的城区逃入历史，狂走进数百米外的圣贝伦路边礼拜堂。"路边礼拜堂"在中文中没有准确的对应词，大概可翻译为"山庙"或"野寺"；它由布尔戈斯的阿方索八世于1171年捐建，里面供奉着贝诺拉多镇的守护神圣安娜、圣何塞、圣霍尔金，专供朝圣者们礼拜。礼拜堂的正立面类似埃雷拉风格，里面主祭坛则为巴洛克风格之西班牙变体。

距路边礼拜堂不远便是建于16世纪的圣母玛利亚教堂，其风格介于哥特式与文艺复兴式之间。在这座教堂内我充分感受到神学美学如何予牡蛎贝壳造型以升华的动力，从而使其成为具有神圣意义的标志。主堂正立面的华盖和圣人身后的背光，均为贝壳形的有机变换，从图像学角度来分析，变化的尺度始终控制在贝壳、生命之源向光轮、天国标志的转换之中，而贝壳与生命之源相互转化的典例是礼拜洗手池，它的造型呈现为明确的贝壳形，其功能十分明确：让每个进入教堂的人强烈感受到贝壳的提示作用。贝壳是上帝放在海洋中的礼物，既给予使徒雅各以生命的滋养，又赋予他升天后的位格标志，乃至扩展为所有圣雅各之路上圣徒——圣多明戈、圣胡安、圣贝伦、圣霍尔金、圣皮拉尔、圣尼古拉斯等人的标志。

处于小镇边缘的圣尼古拉斯教堂始建于公元 7 世纪，主体部分于 8 世纪完成。它应该是贝诺拉多最早的教堂，由于受过严重毁坏而仅剩一个拱门残段，其主祭坛早已被人们移至圣母玛利亚教堂。但在这残段中，我看到教堂肢体语言的强大传递性与再生性，在古人心目中，只要是"上帝之城"的形影——哪怕是微小的片段，他们也能清晰地辨识并承传发挥之，这种能力使现时代人不得不心悦诚服。

第十天（2011年8月2日）

清晨出发时下起零星小雨，随一阵西北风而陡然降温，大概是北海气流又发威的缘故。行至十公里处遇一小镇，叫圣胡安-德奥尔德加，全镇仅十八人，却拥有一个与其规模不相称的大型修道院——胡安修道院。这位被奉为保护神的圣人，生卒年份为公元1080—1163年，正值人们去圣地亚哥朝圣路热情蓬勃高涨时期。进入修道院大门，一股古风扑面，觉似是圣多明戈大教堂宏伟戏剧又一版本。主堂后室的内拱穹顶被流畅的弧线分割为瓜形，中止于由六根立柱支撑的石灰岩墙体。我一眼看出，其与贝壳纹理暗合，也就是说，贝壳作为紧贴使徒雅各身体并供给生命滋养的活物，因其形状的特殊性而获得了升华为神圣示志的荣耀，人们既可在它里面挖掘出丰富内涵，同时它也可向各种物质无限地渗透。因此我断定，它的各式各样变体一定会在多个地方见到，这是一个颇为有趣的推测。

当晚留宿地是阿赫斯，一

图1-6　圣-埃伍里亚-德-梅里达教堂是一座典型的15世纪乡村教堂，由精心挑选的石灰岩砌筑而成。其色调追寻地中海洁白的牡蛎贝壳色泽，暗含着对高贵象牙色的模拟

座公元 944 年被命名的镇子，现今全镇人口四十八人，但它在 12 到 15 世纪时却是一个热闹非凡的地方，每年有四五十万朝圣者经过。据史书记载，每当夜幕降临，篝火燃起之后，朝圣者们用歌舞驱散旅途疲惫，悠扬的旋律伴和着祈求的音调，借着四散的火星而飘向远方。

傍晚时分，我漫步于镇上，发现本地民居的建筑风格十分特别，具有早期先民建筑的风韵：在原木框架中嵌入墙体，墙体下部为粗石垒砌外加抹灰，上部为片石条砖夹杂粗纤维的抹灰泥墙，估计既保温又透气，是一种粗犷且实用的构造形式。透过它们，我似乎看到欧洲蛮族在罗马帝国统治下的生活改变过程，随着皈依基督教，他们从原来的"草皮游牧文化"向定居文化转移，这些原木石砌房屋作为上述转化过程的见证，在那些富于质感的痕迹中，浸透着质朴的智慧与辛劳的汗水。

阿赫斯镇的中心是圣 - 埃伍里亚 - 德 - 梅里达教堂，这座建于 15 世纪的建筑显示出一种我向往的古朴风格，造型严谨典雅，线条硬朗洗练，每个细节活灵活现而不失整体感。最令我感动的是砌体的丰富质感，使人油然而生强烈的抚摸欲望，我把它归入西班牙文艺复兴向内陆传播时的可爱乡村衍体。

顺着阿赫斯外围的田间小路向广阔而闪亮的麦地走去，沿途频见各种民居小院，看似自然野趣，实则均为别出心裁的精致创意，门前各种盆栽绿植、奇石摆件，形成多样景观，尤为吸引眼球的是以废旧鞋靴作为花卉载体，这类新样式在小镇上蔚然成风。甚至有一家专门做此生意，院里院外放满这类"作品"，用塑料透明帐幔围合，引得不少人驻足围观。

晚上吃饭时遇见同行旅伴们，因路途艰辛而伤残过半，但大伙谈笑风生，劲头不减，因为每人都把身体磨损看作朝圣路上收获的一部分。

第十一天（2011 年 8 月 3 日）

前往布尔戈斯途中，天空遍布阴霾，越过比利牛斯山北麓而刮来的冷峭劲风，穿越湿润空气透入肌肤，令人禁不住地打寒战。随着进入地势平缓的莱昂地区，气温开始转暖，周边到处可见建筑吊车和输电铁架，楼房拔地而起，道路拓建在即。由于这里自古以来就是诗意栖居之地，理所当然地成为城市发展的首选地域。

当布尔戈斯大教堂的洁白形体出现在眼前时，似乎蓦然重温了米兰大教堂的魅力，那密集的火焰形尖顶冲向苍穹，我被一个天大的疑问缠绕：它的设计者是谁？究竟是如何被建造出来的？

无论如何，哥特式大教堂主要是奥古斯丁神学美学的伟大胜利——尽管其中有亚里士多德哲学所代表的时间观之强力介入。当每个人设想自己攀缘到教堂正门上玫瑰花窗的高度时已目眩，但柏拉图"美是光辉灿烂"的理念还能提供艺术家继续向上攀登的动力，在横列的十二圣徒的肩膀上继续上升，因为"上帝之城"的意象是如此强烈而清晰，使得艺术家的内在之眼睹此美景后无法停下来，就像但丁在《神曲·天堂篇·第 33 歌》中所言："哦，我的言语是多么无能，我的思维又是多么软弱！拿这一点与我所目睹的景象相比，甚至说是'微不足道'，也还差得很多。"假若我们面对如此光辉灿烂的事物已感眼睛不能适应，顿生困乏而不得不退入阴影时，我们仍会感到惊异，被余辉照耀的大教堂每个局部细节，无论是人物、小天使、小动物或是小怪兽，竟这样活灵活现，它们的摹本来自哪里？想象力是怎样凝聚成一个整体意象的？当建到空中一定高

图1-7 它的设计者是谁？是何人建造？这是每位来到布尔戈斯大教堂奇伟瑰丽的雕刻山墙立面前的参观者油然而生的疑问和敬意，在我看来，它是奥古斯丁神学美学的胜利，上帝之城凌驾世俗之都卓然而立。"美是灿烂光辉"的理念力量，使参与建造的艺术工匠们无法停下手来，直至锻造出这一信仰的奇迹

度，在通常情况下可以罢手时，继续再往上建的动力是什么？其内在心像又来自何处？

恰在此时，我从中看到一条隐秘的精神线索，它从昔日加洛林王朝的疆域悄悄聚集，汇成两股精神洪流——法兰西文艺复兴与尼德兰文艺复兴，由充满想象力的复调圣乐引导，开始了对教堂中高顶穹窿的营造，由此而揭开欧洲历史上最激动人心的篇章：音乐与建筑的相互渗透与提携，向着经过十个世纪沉思而重新明确的"上帝之城"义无反顾地奔去。在它之下，是一系列不朽的名字：莱昂宁、佩罗坦、德·马绍、纪尧姆·迪费、奥克冈、德·普雷、威拉尔特。

第十二天（2011年8月4日）

晴空日照下万里无云，我们背包疾走在著名的"锅之路"上。周边的麦田一望无际，只见一台红色收割机懒洋洋地兜着圈子，不紧不慢地处理着田间事宜，车尾排出的一缕轻烟，在蓝天下袅袅上升。数天来困扰我的腿部肌肉拉伤已有所缓解，已可正常大踏步前进，碎石路从灰白色变成赭红色，但其乡间大道的形式未变，不时出现的扇形贝壳标志始终行使着导航的职责，为我们在枯燥路段上不断提示正确方向，奔往所期盼的目标。

下午两点多钟，我们到达宿营地奥尔尼欧-德尔卡米诺，一个平凡的小镇，全镇七十余人。教堂前的广场边即是朝圣者之家，胖乎乎的女接待在登记盖章、办理入住手续时对我们说"你们是我第一次见到的走这条路的中国人"，并会心一笑。

放下行囊换上拖鞋，顿觉酸肩痛腿获得放松，来到小广场只见教堂大门紧闭无法入内，炙热阳光洒遍大地，几把阳伞下坐着数名不怕热的老外，正在喝啤酒。我们一头钻进小广场北侧的酒吧，它是镇上临街唯一吃喝的地方，这里已成徒步者们聚会的天堂，他们以各式各样的随意模样来到这里，浑身上下都是我们所稔熟的痕迹：黑红粗粝的皮肤、汗湿复又琼干的衫裤、腿上的绑带与护具，连同疲乏跟跄的步态。他们要了各种酒水饮料，相互热烈聊天，同时畅饮大嚼，不一会儿杯空盘净，煞是快意。

傍晚的凉风吹拂原野，人们纷纷倒头入睡，不一会儿鼾声四起。原以为全镇就要进入睡梦，未曾料想情况突变，一群顽童竟然在屋外玩起了藏猫猫游戏！他们狼奔豕突般的杂沓脚步、急促的喘息以及不时发出的尖叫，仿佛使得整个屋子不慎滑坠到鬼怪精灵世界的边缘，令人揪心。虽然恍惚间听见成人的厉声喝斥，但这场闹剧还是未能及时结束，一直到与我最初的梦境结合，分不清哪个是现实哪个是虚幻，真是蹊跷诡异的一夜！

第十三天（2011 年 8 月 5 日）

天色未亮即摸黑出发，在街灯映亮的沥青路上走了约三公里，拐入乡间大道，过了半小时后，方才看清天空与大地像一个扣紧的暗锅，冷暖拼嵌、沉厚凝重。蓦然，天际撕开一道裂隙透进曙色晨曦，就像刚刚张开一条缝的牡蛎贝壳，迎入第一缕光，如同上帝与亚当手指相碰触的一刹那迸发的生命之光！

光耀使地平线上的所有翘曲显得历历分明，最突出之物是风力发电机的巨大形体，随着叶片转动而规律性地闪过一束束光，令人振奋。行至一高岗上，大片黄灿灿的向日葵与呈"那不勒斯黄"的麦田形成喧闹的色彩交响，若当年文森特·凡·高来此，不知道会画出怎样的作品。

两小时后，走到一个叫洪塔纳斯的小镇，街心泉水清澈奔涌，旅人纷纷卸包弃杖，掬水洗面并开怀畅饮，干渴的生灵重又获得滋润。继续前行，经过萨哈冈修道院——11 世纪本笃会的重要活动中心，如今只剩残垣颓

图1-8　洪塔纳斯小镇的街心泉水，给干渴旅人以滋润，这种关系奇妙无比，诠释了"圣地亚哥朝圣路"在东西方世界不同朝圣路中的独特性。丰腴的欧罗巴接纳一位来自巴勒斯坦的穷人创立的信仰，在漫长的皈依过程中书写下闪光耀目的篇章

壁，但煞是好看：洁白的骨架凌空而起，向人们展示一个无与伦比的历史剖面，令我轻易倒回时空，切感大教堂即将建成时的超绝美感，美感之下是那颗勃勃跳动的、够接"上帝之城"的决心，它给予建造过程以汩汩流水般的持续灵感，直至完成也不曾停息。

今天徒步的目的地是卡斯特罗·赫里斯，一个布满古迹的大镇子。距城镇还有三公里时，一座罗马式教堂定位于视线中央，走到近前细看说明，方知是于 1214 年为供奉"苹果圣母"而建的苹果教堂，它替代了原先的诺曼式教堂而向人们展示一种崭新风貌。进入内部，在罗马／拜占庭式主堂下面供奉着三个雕刻繁复精美的立面，除了圣人外，牡蛎贝壳的造型反复出现于不同部位，这时，使徒雅各的随身标志已渗透到教堂的每个细节，而成为世界性的滋养源泉。

晚饭后，我正斜躺在床上写作，一位中年男子轻拍我用英语说，"还有一刻钟在右下方教堂中举办音乐会"，同时给我一个意味深长的微笑，我连忙道谢后跃身起来向那座教堂赶去。这是一座诺曼／罗马式教堂，形体高大，其侧尾部有三座造型奇异的透光尖塔，我来不及细看便进了教堂。入门后有三位妇女向来宾发放演出手册，翻开一看，都是我熟悉的音乐家和曲目。以往在国内听 CD 唱片是孤寂情况下的自我欣赏，今晚与大批西班牙听众一起观看现场演出，使我产生了强烈兴趣。

静场后，三名身着黑色晚礼服的演出者走上台，三人都十分年轻，主角是一名女中音，音域宽广、音色甜美，发声和气息的技巧方面带有些许音乐会特征。伴奏是两位俊美的青年：男小提琴、女大提琴。第一个曲目是科莱里的《第七教堂奏鸣曲》，弓弦过处音流涓涓，与四壁相映成辉，意大利拿波里风格的优雅与精巧，越过法兰西路易王朝的华贵艳丽而闪耀着灵动异彩。接着是卡契尼的《圣母玛利亚》，歌唱家闭目凝神、全情投入，其迸发出的音流在古制提琴的伴奏下显得悠扬圣洁，扣人心弦，终曲时歌声陡然昂扬、直冲穹顶。最后演唱的马努埃尔·德·法雅（Manuel de Falla）的歌曲，深沉而内在，颇有卡契尼的韵味，十分好听。

　　我已不记得音乐会是如何结束的，只是贪婪地享受着这个视听觉的盛宴之夜，它被琴声、歌声与经久不息的掌声充斥，以至于在往后的岁月中，其痕迹仍煜熠发光。

第十四天（2011 年 8 月 6 日）

　　天刚蒙蒙亮，徒步者们为趁凉快时赶路而纷纷出发，最后只剩几个人在收拾行装。忽见昨晚告诉我音乐会讯息的男子，他的侧面甚堪入画，具有严谨精致的雕刻感，心想若不是匆忙一定设法画他的肖像。我们相互道别时方才得知他来自法国的勃艮第，心里不由得一震，那可是尼德兰文艺复兴的发祥地、复调音乐的故乡，与昨晚的事联系起来，绝非偶然。

　　法国人出发后，只剩下身条精瘦的旅舍管理员马乌·马里阿尼。从马乌给我看的影像集中得知他来自罗马郊区，曾长年风餐露宿、跋涉于荒野旅途，从他那青筋暴露的手臂上可读出沧桑阅历。马乌戴一顶蓝白相间的圆形编织帽，盖住下面的发辫，胡须颇有拜占庭遗民风韵。影像集上显示马乌参访过很多古老遗址，他虽然声称自己不信任何宗教，但我感到他心中定有一个破碎的梦，在现实中难觅知音的梦，这个梦终于落在卡斯特罗·赫里斯的一个朝圣者之家，怀着永不为世人所知的秘密，为圣雅各之路默默奉献余生。

　　告别马乌上路，抬头向远处望去，觉得今天云彩表情特丰富，从镶金亮色、明黄、绯色、绛色一直到烟色，层次细腻分明，与红褐间或澄黄的厚重大地形成赏心悦目的对比。更为重要的是，它们一旦被阳光洒上金辉，即变幻出无数闪烁亮斑，如天使羽翼翕动时的泛光，简直令人感动到流泪，任何人只要有过一次经历，便终生难忘。

图1-9　早期的拜占庭式教堂，是公元6世纪查士丁尼大帝复兴罗马帝国宏图的历史物证，但不同处是带来了新鲜的精神气息——基督教信仰。罗马的砖砌拱券技术筑起"上帝城堡"的尘世版本，粗粝简朴的外观下掩藏着圣骨宝石的崇拜，其中能依稀辨识出东方佛教朝圣样式的余音

　　走了一半路程时经过小镇博阿蒂亚·德尔·卡密诺，该镇以教堂前一根刑罚柱而闻名。它周身由哥特式花纹修饰，再加上洁白质地，显得雍容华丽，在我看来，与其说是刑罚柱倒不如说是荣誉柱。凑近观察，柱体上浮雕花结的上端缀满了优雅的贝壳造型，给人一种温柔体贴的美感，而全无一般刑罚柱的恐怖效果，这是我没弄明白的第一桩事。

　　距目的地不远见到一座造型完美的拜占庭式教堂，花一欧元买门票走进观看，内部呈罗马会堂格局，简练到严峻的地步，只有高高在上的拜占庭式柱头活力四射，瞪大眼睛俯瞰着仰视它们的现代人。为何此地会出现这样的教堂？公元6世纪查士丁尼大帝复兴罗马帝国的宏图是否波及此地？贝利萨留的常胜之师是否到达过这里？或者拜占庭希腊教父的传道足迹曾经至此？这是我未能弄明白的第二桩事，但这恰恰是圣地亚哥朝圣之路的魅力所在。

下午终于到了目的地卡里扬·德·劳斯贡德斯，为解决辘辘饥肠，我们先到一家餐厅。餐厅紧临一座罗马式教堂，从里向外望去，窗框如画框般，恰好展现了教堂的外延拱廊，它具有不同寻常的空间感，从木梁顶、砖砌拱券以及筑体衔接等因素来看，拱廊都应该是一个脱离教堂本体的独立单元，为何如此？也许是19世纪法西战争后修复的结果？不管怎样，我毕竟在同时咀嚼两道味觉、视觉大餐，真是过瘾！

留宿处是一所修女院，走进气氛肃静的高大门厅，一位年长修女向我们轻声招呼后便开始办手续，她穿一袭左前胸绣有"特蕾萨"斜体字的白色长袍，表情慈祥的圆脸上戴一副花镜，令人印象深刻。登记盖章完毕后她将我们嘱托给一位小修女，带去后院的公共宿舍。这年轻女孩面容秀丽、双目有神，但下眼睑大概因睡眠不足而略显乌青；她说话时咬字清楚、音量十足，与其纤细体态不符。她戴一帕素纹方巾，穿一双古风绑腿便鞋，深色绳线缠绕双腿的造型优美动人。到下午四点左右，原本空荡的宿舍已全满，房间里充满了男人的粗重气味，再加上汗酸、体味、脚臭，真不知道明天修女们来这屋子清理时做何感想。

扔下行囊漫步街头，镇上竟也有一座圣地亚哥教堂。它的屋顶已毁，以临时的现代彩钢板架构代之。后三室建于12世纪，为诺曼式风格，简朴得几无装饰可言；15世纪加建了前面部分，为西班牙哥特式风格，其大门风格特出，雕满了圣人形象，造型是庄严古风与野性活力的双重构成，显示出本地民族的造型想象力以及自由心灵的爆发力。教堂内一台老旧的卡式录音机反复播放中古时代圣乐，氛围倒也正确。射灯展示着各时期该教堂所藏圣物，其中金属制品最好，服装织绣品次之，而木雕彩绘皆显粗俗。其中有一幅当地画家所作圣像，签名是"1997年"，其画面色调阴暗，耶稣神态怪异，似乎有英国画家弗朗西斯·培根的影响。这并不奇怪，因为 20 世纪以降，怪异已成为解读历史的时髦趋向。

　　返回修道院，与一群和蔼可亲的退休修女聊天，颇为有趣，谈话中她们最深的感触是：见过大批韩国人，但中国人却是第一次见识。我一时语塞，之后不由得想：国内有钱人也许对欧洲的都市、专卖店、名牌货、奢侈品早已滚瓜烂熟，但对其文化底蕴还相当隔膜；而韩国人却是用国产货、走欧洲文化路，不知这种反差何时才能逆转。

第十五天（2011 年 8 月 7 日）

　　昨天傍晚的一幕深刻印入脑海：没想到夕阳竟然是如此辉煌，它为鹳鸟巢涂抹的那层神圣色彩，即使黑夜降临也仍然发光，其亮斑深深嵌入我的梦里。梦中天空如烟，我的视线始终没有偏离那幅天设地造的画面——屋顶上兀起一座钟塔，两层拱券上覆尖顶，内悬一口青铜自鸣钟。奇妙的是在牌楼尖顶，其上有一个蓬松的鹳鸟巢，就像骑士头上歪戴一顶草帽。鹳鸟的故事、圣杯骑士、游吟诗人……所有的诗意要素齐聚于此时此刻，将我生命旅程中的记忆拐点覆盖。

　　天刚放亮，我躺在临窗的床上向外望去，阴沉天色为背景，修女院屋顶钟塔的鹳鸟巢上孑立一只鹳鸟，它独腿撑立丝毫不动如一尊雕塑，此情景不禁引发我无限感慨。两百年前，安徒生童话中的鹳鸟曾赋予人们无可比拟的情感力量，而如今则已沦落为环保对象——动物世界中可怜的一员。鹳鸟位格的下降不是鸟的错而是人的罪，它象征着人类精神世界的堕落。

　　今天因要参加一场重要弥撒而变动行程，改到下午出发。我们为腾出房间而将行李移至修女院会议室内，人去楼空四周一片寂静，我开始观赏墙上的画作，它们除两幅油画之外均是水彩，皆出自业余爱好者手笔。其中一幅老人抱婴孩的淡彩版画引我注意：人物似追古代圣像风韵，虽然手法并非专业，但画面氛围控制得当，素雅而沉静。我想，这源于画家对人性的深刻体会，应为修会内部人士的画作。

中午十二点整，我们到圣安德烈斯教堂参加由一位来自马德里的红衣主教主持的午祷弥撒。环视四面，主堂的三个立面都是旧物，其后面的筑体则是新建，左右上方两扇罗马式彩窗神秘高远，其彩玻画显示出相当高的水准。弥撒举行前，一穿白袍男童蹦跳着跑上主祭坛拿一物件，同样蹦跳回去，挟带一股自由随意气息。待全场静音后，一位穿粉色衬衫的年长管风琴师奏出持续音，群众歌咏队纷纷走上唱诗班席位，立正待命。随即，神职人员登场，队列中三个未成年男童引我注意，两个小的像顽皮天使，稍大些的是个胖墩，噘着嘴，时常露出不屑或不解的神情，滑稽又矛盾。

弥撒进行得有些平淡，有人开始东张西望，不久终于迎来高潮——圣餐仪式。由高级助手在银质酒杯中斟满葡萄酒，主教缓缓

图 1-10　西班牙仍延续了欧洲民族迁走—分离—聚合的历史叙事，天主教的弥撒、东正教的歌舞、犹太教的聚会、伊斯兰教的仪式以及波西米亚的响板与舞步在此交织，展示了欧洲一千年来发生在圣雅各之路上的生命戏剧。这出来自俄罗斯的斯拉夫民间舞蹈，是每周在这里上演的戏剧中的一个

端起先轻啜，随即用雪白餐巾擦拭杯口以免玷污，然后按阶层高低依次啜饮之；接着神父们掰饼沾酒并入口庄严咀嚼。这一礼仪具深刻意义，它奠定了西方饮食的习惯与仪态。随后是分享圣饼与相互拥抱，以显示教会主导的社会和解与信众团契，而教堂是这种伦理导向的源头。最后，当红衣主教宣布两位神父晋升职别时，全场响起平静而持久的掌声，感动了所有到场者。与此同时，歌咏队迸发出热烈合唱，曲调十分熟悉，原来是亨德尔《弥赛亚》中"上帝的好牧羊人"，这段咏叹调名称在此时此地乃双重谓指。

下午赶路沿途无话，到达目的地萨昆已是傍晚时分。住进一家由修道院改建的朝圣者客栈，放下背包即上街观览。此地是莱昂王国的重镇，有许多宗教建筑，包括建于6世纪的本笃会修院，它给该镇带来最早的建筑范本，以后各种建筑形式均在这一基础上发展起来。修院由罗马／拜占庭砌体构建，是"坚固的城堡"理念的物质显现。它最近刚被重新翻修，从保持原遗址到钢架、玻璃、水泥对原筑体的有机锲入，实为我在西班牙见到的改造古建成功范本。

顺街道前行，一小教堂的木门特吸引人，细听里面隐约传出声音，我决定看个究竟。进门向左转动把手即入，不过两三米距离，顿感是两个截然分开的世界，这皆受赐于建筑师对人性和神性的深刻理解。弥撒正在进行，领读修女唱起了单纯的圣歌，间歇时一身材瘦小的老年修女走近风琴，爬上座椅后摘镜揉了揉眼，便翻开谱页准备演奏。恰在此时，她端坐姿态似乎与高耸的管风琴连为一体，垂落黑色长袍遮住了矮小身形，从中伸出的一双手，灵动而焕发神采，如同献给上帝的两只白鸽。这是音乐与圣灵相通的奇妙瞬间，它千余年来始终是滋养信仰的活水，即便如今衰微之际，仍显强大定力。我看得痴迷，直到仪式结束。

当晚，紧邻旅舍的小剧场上演俄罗斯歌舞节目，进剧场前厅便见一群浓妆盛装的俄罗斯女演员在推销纪念品，她们晃动着腰身，以肢体语言预示下面将会是斯拉夫舞步活力与西班牙响板节奏的激情相拥。演出以展示劲健与轻盈两极的舞蹈开始，然后是小伙子吹奏短笛，他浑身燃烧火烫．带动起欢快生命力与跃出躯体的步点。三女一男合唱，带有俄语咬字的特殊喉音，再加上胸腔的本色发音，十足俄罗斯民族风味。在手风琴、响鼓伴奏下，女舞蹈演员踩出俄式芭蕾步伐，双腿移动可看到法国路易王朝影子，但突然腿掀裙摆上踢至极限，古俄罗斯民族的原始性情发作，漫溢全场，一发而不可收。首席女歌唱演员身材饱满，能唱出来自胸腔发声的低音，构成四人混声的基础。这种音调我十分熟悉，二十年前在诺夫哥罗德东正教堂中曾听过的祈祷，便是这种音调；然而此时此地却是俄罗斯的欢乐变脸，将祈祷留在故乡。一天三出重戏，虽累而备觉欢欣。

第十六天（2011 年 8 月 8 日）

　　晨起洗漱整理行装之后，决定到 Mason（西班牙语意为"小饭桌"）用早餐。我坐定点餐，首次有充分时间近距离观察当地人。服务生是一褐肤姑娘，脸圆、眼大、嘴翘、扇风耳，一副黄亮耳环不停摇晃，在调皮面相上叠加活泼气息。她毛发稀少，黑发紧贴头皮梳至脑后，由中国式发卡分别出两条细辫子，愈显前额饱满油亮。女孩的臀部丰硕阔大，但却闪躲灵活，为其麻利动作平添某种韵致。美中不足的是她技术欠佳，咖啡总不能如愿打出花枝形状，只见她眉头紧蹙、嘴角一抿，旋风般端至我们面前。付账后，女孩抬眼送上一个蜜糖般的笑靥，这是我在小店里近半小时所看到的最甜美的表情。

　　上路已是烈日高照，巴伦西亚广袤平原一览无余，前几日行走时对地平线的期盼荡然无存，看来实用与审美之间的抵牾，要远远大于两者的和谐并存。首先到达曼西亚 - 德 - 拉斯 - 穆拉斯，一个莱昂近郊的卫星城，它的色彩饱满清新，至少市政广场是如此。许多徒步者在此休息补给，穿行于阳光与树荫之间，其气息动中寓静。顺道参观这里的城墙和敌楼，其建筑材料不像我们前面所见的大石块，而是由卵石与水泥混合砌筑构成，颇为奇特。沿敌楼内旋梯拾级而上，陡峻惊险，在狭窄石台上得以体会古代勇士作战时的经验。总体感觉是：破城虽非难事，亦非易事，此城属中庸性质，无论攻城守城均难以谱写英雄史诗。下敌楼后路过城墙一个大豁口，当地老人指说是圣奥古斯丁门，仔细观察却无任何城门模样。但我已懂得古人心思，此命名寓有形于无形之中，内含深远象征意义。可见在古代，信仰与观念传播力度，超出通常的想象。

下午直奔莱昂，它是西班牙唯一与罗马帝国衔接的古城，同时也是一座仍在不断发展的城市。进入城市新区，街心的圆转盘别具特色，各色石子组成放射图案，中央竖立一生铁平面动物雕刻，狮子、狐狸、异兽，造型滑稽、颇为卡通。接着向旧城走去，一条古老街道撑起莱昂城的精神脊梁，它以安东尼·高迪设计的"博丁内斯之家"为起点，以莱昂大教堂区域为终点。我们环绕这座建于1255年的大教堂走了一圈，可清晰看到罗马风圆柱形城堡的用料和砌造手法，以及它与莱昂大教堂石灰岩筑体之间的衔接，凭我的直觉，这应该是此教堂建造在古代遗址上的物证。果不其然，在立于北门的一个说明牌中终于得到答案，标明教堂下面是罗马式教堂，罗马式教堂下面还有古罗马浴场。难怪史书中称莱昂大教堂为"纯粹的罗马式艺术"，是指它的根基；尽管它的上部是典型的哥特式风格，并被公认为是整个西班牙最美的哥特式教堂。

为贯彻原先制定的研究计划，我们特意住进莱昂国营古堡酒店。这座外观华丽、风格多样的建筑，原为圣马可修道院，始建于12世纪、扩建于16—17世纪。修道院的建筑外形明显来自罗马式会堂形式，立面装饰则高度地巴洛克化，可能是它作为"医护骑士团"资产、圣地亚哥朝圣者最重要的集散地，以及与历任莱昂国王保持特殊关系的缘故。古堡酒店的内庭院由一座方形的环状拱廊构成，空间十分高大，使得面积有限的露天花园不论在任何时刻都有1/3处于阴影之中。导览说明中将这座建筑称为典型的"银匠式风格"，这是为何？"银匠风格"本意是指器物制作工艺，此概念横向借用到建筑中是否可行？它与古兹曼宫内的"银匠式风格"庭院究竟是什么关系？这种风格又来自哪里？这一系列问题看似不着边际，但已在我脑海中勾勒出一条隐约的线索，该线索与罗马帝国有着不解之缘，它作为强权的世俗帝国变为精神的信仰王国之物证，标示出一系列重大转变：地点从罗马变为君士坦丁堡，建筑从凯旋门／斗兽场／浴室／万神殿变为圣索菲亚大教堂，时间从公元 313 年到公元 1453 年。

真是难以想象，展现在我面前的是一幅横贯地中海东西两极的精神版图，它曾经在布匿战争中为迦太基、罗马大军所穿越，后来又与第一代使徒"地极传道"的线路相叠合，外表错综迷离而内在无比单纯，我们只要沿着这条解开欧洲文艺复兴奥秘的道路不断前进，一切都澄清明朗的时日终将到来。

第十七天（2011 年 8 月 9 日）

阳光明媚的早晨，步出莱昂的圣马可修道院古堡酒店，出门便见一尊铸铜雕塑，高竖的石质十字架下坐着一位朝圣者，他正抬头仰望圣马可修道院，缠脚布中露出筋骨分明的脚趾，旁边是一双便凉鞋，重要的是他的领口和披肩下摆均缀有牡蛎贝壳——朝圣者的标志，从而佐证了史书中的记载：圣马可修道院曾是整个西班牙最重要的朝圣者之家。

在莱昂大教堂的西边丛落着更为古老的圣伊西多罗教堂，它是体现莱昂历史的最为权威的博物馆，以拥有一座绘满穹顶壁画的 12 世纪礼拜堂而著名。我进入礼拜堂后，里面挤满了参观人群，光线昏暗且禁止拍摄。这是一个典型的拜占庭连拱穹顶式建筑，具有早期基督教的空间感，我认为这是希腊教父与罗马教区综合影响的结果。令人吃惊的是，这座低矮且粗糙的 12 世纪穹顶壁画，竟然获得"罗马式的西斯廷教堂"的美誉，可见中世纪到文艺复兴之间路线之曲折，当它经

图 1–11　这尊铸铜与花岗岩 - 石灰石的组合雕塑，既富于戏剧性又深具历史意味，在灿烂阳光下闪耀着传道开启朝圣的永恒光辉。我长久驻足观赏，周身贯通如领受清泉沐浴般的愉悦

43

过拜占庭—希腊知识—东方工艺这一系列转折时，人们已难以辨识它原初的形貌，除非具有强大的穿透性视力。从手法来看，12世纪的无名画家们心中有火样激情，坚定而无所畏惧，圣像的形体均为粗短型，就像早期的高卢圣咏、凯尔特圣咏那样质地粗粝。

圣伊西多罗教堂的圣器室不引人注意，要通过一个隐秘的楼梯方才上得去，而且限制人数。然而恰恰在这观者寥寥的空间中，蕴藏着西班牙圣事艺术的转型与突破的奥秘。透过一尊1063年的圣杯，我窥到拜占庭的圣器工艺传承到西方的初萌，那种拼命苦追的状态清晰可见。10—11世纪之间的丝绸织品，单色图案工艺已臻纯熟，提花、妆花工艺也具备相当高水准，效果可用"精美"二字形容。11世纪前的圣骨盒笨重且尺寸大，盒子表面的装饰简陋粗糙，像一件老旧家具；而到了11世纪，圣骨盒制作工艺突飞猛进，并引入拜占庭的标志——象牙浮雕版。但见一个制作于此时期的木制圣骨盒，周身嵌满了象牙雕版，雕刻师也许是来自拜占庭的工匠，刀法熟练，人物姿势硬朗，虽然脸、手、脚比例略微失调，但每个细节均交待明确，细看时，木面上还有原来画的拱廊图形未及完成。12世纪是一个分水岭，此时的圣骨盒已更接近普遍认可的圣物标准，柜中一呈斜屋顶、十字形的圣骨盒，综合了珐琅、宝石、金银镶嵌工艺，圣人造型线条如希腊瓶画般流畅优美，纵向立面人物头部甚至创造性地引入了银合金半圆雕，难度之高可见一斑。

教堂的后院是古兹曼宫，终于在这里解开了昨晚的疑问，即"银匠风格"的建筑根源。原来，古兹曼宫的庭院回廊的拱顶上的肋拱装饰，就是所谓"银匠风格"。它是一种准尖拱尖顶的造型，在线角的结点花纹上加上金属錾花图案，是波斯金银雕镂工艺经过拜占庭洗礼后的西方化产物。解惑后我长舒了一口气，步出博物馆走入街市。越过两个街区来到本城的市政广场，满是休闲座位，周边小巷纵深，歪梁斜柱，台阶斑驳，市井气息浓郁。无意间拐入一小教堂，正在举行弥撒，四壁皆是崭新的装饰，只有立面大概是老旧物件。四名老年修女组成的歌咏队，在一小型管风琴略嫌拖沓的伴奏下，时好时坏地唱着，唱的内容是自己教区编的赞美诗，简单而直白。台下大多数是本地老人，一群坚持了几十年没有散去的忠实信众，整个场面有些气虚，全靠中年神父声音洪亮的布道来支撑。这情景多少有些黯然，尽管教堂内被大灯照得如同白昼——真是一幅奇怪的图景，看似明亮的时候，却是更黑暗之际。

步出教堂三米远的路边，一对年轻人席地而坐，正在声嘶力竭地引亢高歌，他们自编自唱，男的弹吉他，女的耍一对小球，忘乎所以。与刚才教堂中情景反差巨大，令人瞠目。现代教堂明显虚弱并缺乏活力，而世俗生活虽活跃却又显得飘浮无根，难道肉身满足便成最高律令？谁不知人生苦短、生命脆弱的道理？年轻人追求当下瞬间感受的价值，以擅长网络踞傲，沉迷于虚拟世界，相互炫耀拥趸数量，世界贬值速度惊人，似无可挽救。但无论如何，人们一看见哥特式大教堂便鸦雀无声，就如同我此时此刻所见。

夕阳西下，被余晖映耀的街道华灯初上，路边花园喷泉的喧闹依旧，水珠挟带阵阵惬意晚风，吹拂城市余温。放眼看游客路人，满载一天的疲惫与满足，纷纷溜达回家。

第十八天（2011 年 8 月 10 日）

心情淡定地驻足莱昂大教堂里，可得到全面解读它的最佳机会，其中关键点是切近体会音乐与建筑之间的深刻关系。这座教堂始建于 12 世纪，设计者之所以鼓足勇气置原先持守了数百年的罗马风格于不顾，而向全新的哥特式尖顶穹窿发起冲击，一定是有着强大的精神基础，这一精神基础就是欧洲圣乐日新月异的发展。

显而易见，莱昂大教堂内部空间是以唱诗班席位为中心，以主堂及背屏圣像画为终点。处于教堂中央部位的唱诗班席分为两层，第一层三十二个席位，靠背浮雕形象皆为天使；第二层四十八个席位，靠背浮雕人物均为圣徒，上方设置两架管风琴并行，还留出了二楼临时歌咏队的余地。这种空间设置来源复杂，应该是拜占庭样式与法国哥特式大教堂形式的有机综合。

进入教堂之后始终听到有圣乐从穹顶飘落，然而去寻踪迹却不知在何处，这情形太具有象征意义，它使得参观人群始终保持抬首仰望的动姿，并由此深刻体悟希腊贤哲"一个人无法两次踏入同一条河"的至理名言。凡哥特式教堂的尖券、尖拱、肋拱、穹顶，皆与圣乐歌咏队的数量规模和音群上升高度密切相关，一旦伟大圣乐与教堂空间脱离，人们便再也无法读懂关于它的知识、缘由、过程，就更不用说隐藏其中的奥秘了。这是一个关于精神出走的悲剧，也是一个不争的历史事实，令人既苦涩又甜蜜。

正在思考间，忽然灯光骤开，唱诗班座席全部被照亮，原先"禁止入内"的栏绳也被解开。一名穿粉色连衣裙的中年女导游，踏

图 1-12 莱昂大教堂内的唱诗班座席，由精选的上好胡桃木雕刻而成，它那雅典的造型与曼妙的曲线，是歌手们能吟咏出优美和声的物理依据，因此历来有"看教堂的层级，先看唱诗班座席"之说

着充满自信的步点带领大队游客拥入唱诗班席位，挥舞胳膊示意静场后开始讲解。她口舌伶俐、前后比画，游客们纷纷点首称是，讲到华彩处还博得众人开怀大笑，煞是热闹。我虽然听不懂一个字，但却看得十分清楚，所谓讲解只不过是"瞎子点灯白费蜡"，人们仍处于一无所知的状态，甚至什么也没看见，空手来、空手去，绝对不会比这更好。

随着教堂内人越来越多，闪光灯此起彼伏，映耀出一张张世间面相，甚至嗅到彼此的体味。在摩踵接肩的游客之中，忽见两个女孩的形象十分夺目，她们是一对姐妹，各背一个超过头顶的大号旅行包，身材和肤色显示来自北欧。姊妹俩都很好看，全身每根线条均圆润精致、丝丝入扣，仿佛经毕达哥拉斯、欧几里得精确计算过一般。我从侧面观察她俩，其最精彩部分是从前额到鼻梁向下巴画出的弧线，完全是希腊雕像的线条，再配上向后飘散的卷曲金发，活脱天使模样。她们负荷着沉重的背包，肩带深深勒入洁白肌肤之中，连走路姿势也受到牵扯。这种稚嫩肉体正在经受磨砺的画面，在我看来恰恰象征着圣雅各之路给予世人的生命真理。

我伫立在一个黑暗角落里陷入沉思。在这座有两千年历史的古城中，圣伊西多罗修道院和莱昂大教堂是两个厚重的砝码，称量出作为西班牙发源地的莱昂王国的分量。它有两个支点：拜占庭圣事艺术的强大吸引力和法兰西加洛林王朝以降精神文化的深远影响；前者主要显示在绘画、雕刻、丝绸、金银圣器工艺等方面，后者则体现在音乐、圣乐、哥特式建筑方面。两个方面汇聚到哥特式大教堂的穹顶之下，并最终贯通了从圣地亚哥大教堂到神圣家族大教堂这根跨越五个世纪的精神线索。

第十九天（2011 年 8 月 11 日）

　　圣马可修道院有一个不可思议的隐秘空间，它的位置非常奇妙，位于与礼堂二层唱诗班席平行的地方。只要通过一个露台，就既能凭栏鸟瞰整个教堂，也可最近距离聆听唱诗班所咏圣歌。房间的墙壁上开有一扇小门，可通往修道院内部庭院——博得"银匠风格"美誉的双层回形拱廊。

　　我缓缓行走在杳无一人的第二层回廊中，强烈的光线切割形成奇异的明暗块面，这种光影变幻，并不妨碍我观察整栋建筑的履历。回廊的顶部是由密集木梁构成的平顶，外面是坡屋面圆筒瓦，这是典型的罗马会堂——巴西利卡式的建筑样式；它与巴洛克风格的连拱形柱式立面之间的衔接，其中有一道无形的缝隙。只有在第一层的穹顶拱廊中，我们才能看清楚"银匠式风格"，它确实典丽非凡，应该是从我刚才驻足观察的礼拜堂的穹顶借鉴而来，这种顺位关系从来未颠倒过。

　　我又踱回那个奇妙的房间。它过去的功能不得而知，但现今布置为书房，烛光和红色台灯互映出历史的倒影，从庭院中到礼拜堂内，从一览无余的刺目阳光到神秘悠远的漫射天光，象征着从现世到彼岸的遥远，而书柜中的书册宗卷、墙上悬挂的古代绘画、皮革金属的手工家具、落满灰尘的绒桌布，则合围出一片绝对寂静的幽思环境，梅特林克在《卑微者的财富》中写的那位昏暗中沉思的老人所处的氛围。我不知道自己为何留恋置身于这光影不断转换的夹层中，它飘忽不定，或凝固为一个点，或像流星般稍纵即逝，从玻

图1-13　从圣马可修道院的腰廊上望去，展现眼前的是一个光影生动的空间，完美的瓜形与肋拱有机划分，尖拱形的门洞与花窗形成明暗呼吸的进出通路，迎接圣灵降临，驱动众生仰望。而"银匠式风格"集中体现在肋拱汇集于顶部的花结上，无愧于圣雅各之路的瑰宝之称

璃折影里我能勉强抓住这种感觉，它被诺贝尔奖获奖作家帕穆克称为"互为镜像"。此时此刻，我正置身于帕穆克小说中人物的处境，那种同时触摸两段历史的神奇经验，曾是无数艺术家梦寐以求的，如今唾手可得，只要你决心踏入。

　　于是，我踏入了其中一端。我打开玻璃门走上露台，整个礼拜堂尽在眼中。它被幽幽清光笼罩，在高悬的彩玻窗上投下圣洁光影，在布满壁面的扇形贝壳上留下如亲吻般的形影，纷纷发出无言的旁证：这里是整个伊比利亚第一朝圣者之家，自古以来从未改变。唱诗班席占据了整个二楼，它是一个呈马蹄形的纯粹的声乐空间，未设管风琴。整个唱诗班席的造型浑然一体，无法拆开去单独审视，若细分析某个局部，雕像纹样图案处处精美，为大师一气呵成之杰作。我亲自坐上座椅试了一下，感到每根线条皆与人体曲线同构，都能穿透歌手的身体并传递至上下左右。这是一种"形"的奇特力量，它渗透到歌手的肉体内部，整合为吟咏发音的要素，通过赞美之音而君临整个空间。在我看来，这本身就是生命的奇迹，它不是依靠本能养育新生命，而是在生命体内部提升灵性，使之向上向上再向上，完成生命的自我更新。这一奇迹意味着，普洛丁的"上升之途与下降之路"，在"神光流射"情境中达成贯通。

如果说以上概念还略抽象的话，那么圣马可修道院礼拜堂内的所有物质形式，便说明了一切。延至穹顶的枝形立柱是按照音乐的意志生长的，它规范出礼拜堂的内部空间形制。花结上的錾花镂刻可看作弥撒的高音声部（即天使音声，是由男童声演唱）的视觉对应物，而绝非工匠们一时心血来潮的结果。

我们可从建筑形制的角度再来分析一次：修道院中的礼拜堂原来是一座巴西利卡式教堂，唱诗班席建立后，柱式穹顶的改变成为必然。如前所述，在圣乐的推动下，不断生长的枝形肋拱构成了新的穹顶，在顶部的交叉处形成花结，上面嵌以金属錾花缕刻，即所谓"银匠式风格"。在我看来，"银匠式风格"的本质，在于圣乐提携的对穹顶新形式的追求，花结是这种追求的节点而非终点，而金属錾花缕刻更是其装饰外表。

为进一步弄清这座礼拜堂在其生长过程中的所有难言之隐，我再度来到回廊上观察教堂的顶部。它是典型的罗马样式，斜坡状屋顶，上面覆以圆筒收分形的红色黏土瓦，钟塔是后加上去的。屋顶周边的构筑很多，可相当凌乱，在尚未成形的扶垛与支撑壁上，均设置了雕像和类似肋拱基础的萌芽物，一切都显得犹豫，这是一个正处于举步维艰过程中的建筑，但并不妨碍它已显出某些伟大的征候。

在整个莱昂古城中，圣马可修道院与圣伊西多罗修道院是除大莱昂教堂之外最重要的建筑，它们构成了信仰王国的两翼，一个专门收集陈列圣徒遗体，另一个专事接待朝圣者，它们共同的终极指向，是两千年前的使徒雅各，是距此地三百五十公里的圣地亚哥大教堂。

第二十天（2011 年 8 月 12 日）

头顶烈日一路狂奔，中午时分来到阿斯托尔加，一个教堂林立的小城。离城尚远时便见两座教堂赫然高耸，它们是表征该城历史的阿斯托尔加大教堂与主教宫。前者是于 1471 年在原罗马的巴西利卡式教堂上不断加建的，由于建筑期历时过长，这座教堂分别具有罗马、哥特、风格主义、巴洛克等多种因素，最后建成的钟楼采用的是当地产的焦糖色砂岩，因此与旁边部分色差分明，特点十分显著。后者是由西班牙著名建筑师高迪设计，金属尖顶上挺立带公鸡的风向标，展示了伊比利亚式狂想，它是十字军时代骑士团城堡的童话版，亦曾是堂吉诃德眼中"梦幻城堡"的标志，启动了西班牙传奇的中世纪转折点。

主教宫从大门设计开始，就体现了高迪对西班牙精神史的阅读能力，入口大门是由三维曲面的扇贝形构成，它从古代教堂中的扇贝造型，尤其是从各种曲面在不同造型中的运用获得灵感。建筑师在此创化出有着更大抛物线的曲面，并通过三个门的向心

图 1-14　阿斯托尔加大教堂是罗马、哥特、风格主义、巴洛克样式的集合版，钟楼尖顶上挺立的铸铁公鸡形风向标，不仅展示了伊比利亚式狂想，而且是塞万提斯眼中梦幻城堡的标志，给予西班牙骑士精神以原始动力

聚合造型而形成"三位一体"的意象。这种既具有仿生学原理又具有非凡精神性的造型，成为高迪后来作品中的基本形。

主教宫门外草坪上竖立着三尊铸铜天使塑像，长袍舒翼、形体修长，是我在西班牙所见的品质上乘雕像。主教宫的内部空间由以纤细立柱支撑的圆穹顶连拱构成，这是一种将早期罗马礼拜堂与后倭马亚王朝宫廷建筑要素糅合起来的样式，其效果一般，并非很成功。二楼展厅陈列圣器，此类东西前面见过太多，在我看来如同浮云，而三楼展厅中悬挂的当代绘画更是尘土。唯有当我沿旋梯进入地下展厅，方才感到锲入了小城的脏腑。整个展厅气息森凉，一尊尊古代碑铭井然排列，其斑驳深刻的肌理，在漫射天光的照耀下分毫毕现。我仿佛亲眼见到这样情景：庄严的仪式结束后，将军和士兵们将石碑立于广场上或建筑前，形成一个不再移动的坐标体系，它们可能是政府令，也可能是纪念文，表征的是一种坚如磐石的意志，而这种意志在两千年后的今天，已转换为某种高端审美趣味。

我沿着天光的指引继续踱步向前，一寸一寸地观察陈列的石头，在一些人手中，它成为典雅端庄的美感化身，而在另一些人手中，则仍然无法去除顽劣粗粝的根性。我所关注的是前一类石头。当石块被打磨平整并刻上深刻的铭文之后，周边的线条与花饰即使简单，也显示出同样深刻的情感，这就是古典的力量。一尊公元 3 世纪的罗马雕像在我眼前顿时放光，大理石磨光后的温润质地，与人体的高贵完美同构，这种高超的表现技巧直接承续了希腊化的成果。左边的老者，流瀑般发须烘托出骄傲的前额，深凹的眼中放射着智慧之光，他是处于转型期罗马智慧的代表，预示着在帝国躯体上新精神的诞生。这尊雕像残段，就遮盖了后来林林总总的所有事物，它如同一把标尺，对比出往后一千年的愚昧粗陋，文明的命运竟如此不可思议！

当"纵火者"尼禄于公元 68 年死于乱刀下后，罗马帝国开始了较为稳定的"五贤帝"统治时期。与此同时，帝国和东方的贸易逆差需要大量的贵金属，于是在公元 70 年，帝国为控制拉斯梅德拉斯的金矿而派精锐军团进驻莱昂地区，阿斯托尔加成为金矿的守卫重镇。主教宫地下展厅所藏的一系列公元 1 世纪至 2 世纪的碑铭，已然说明了这一点；而城北部尚存的古罗马圆堡式敌楼城墙，更是有力的物证。自那时起，罗马的城市文化在这片蛮荒之地打上了深深的烙印，"罗马砌体"成为日后所有建筑必然遵循的铁律法则。当我逛街在一座紧临修道院的露天博物馆中，看到了原汁原味的"罗马砌体"以及马赛克拼花镶嵌地面时，那简练的纹样、坚实的接缝和沉着的肌理效果，竟使我油然生发一种感觉：地面上的所有营造都变得轻浮，因为遗产太过厚重！

　　沿街道继续往前，见到颇有名气的"巧克力之家"，虽门面窄小并不引人注意，但从隔壁露出的生产设备，以及周围店铺橱窗中眼花缭乱的巧克力产品，可估摸出它的规模不可小视。再走数百米便是市政广场，其空间为长条矩形，靠教堂的那一头搭起了演出舞台，一穿黑 T 恤的工作人员正在调音响与重金属设备。酒吧阳篷桌下坐着五六位青年，留着披肩长发，戴着墨镜，抽着雪茄，其外表装束决定了尚未上演的节目内容。

　　回到朝圣者之家，我又见到了熟悉的同行者们，大家各自缄言默语地忙活着，都在为明天艰苦的山路行程做准备。

第二十一天（2011年8月13日）

街灯尚未熄灭之际醒来，只见天空繁星闪烁，大地仍沉寂于睡梦中。整理行包后悄然上路，晨露湿膝、寒意料峭。疾行数公里见一座接待朝圣者的路边野寺，紧挨一饮水泉眼，旁立一尊石碑，上面镌刻着多国文字，最末排是中文："信仰源于健康。"地平线渐亮，曙光映耀绯红云层如天路历程，它呈一往无前的放射形，循远方号角向大地驰骋而来。

随着天色彻底大亮，脚下的朝圣之路蜿蜒伸向远方，灰白色石碑上柠黄扇贝标记十分显著，它从耶路撒冷来，化身为第三圣地的象征，在永远提携人心之中指向圣地亚哥。随着里程的增加，我们已快要离开卡斯蒂利亚-莱昂大区而进入加利西亚大区的丘陵、山地。沿着赭红色的碎石土路攀登、下降，视角在不断变化；当我爬上一个坡顶驻足远望时，原野色分五彩、植被葱茏茂盛，令人无比感动；在它后面是线条柔和的青黛色山峦，一层一层地叠推涌动，仿佛大海。我不由得想起洛尔迦在诗中描绘的加利西亚色彩：白色的马、青色的山，晶亮的眼睛、绿色的头发。

沿途经过许多令人留连忘返的如画般风景，尤其是路旁的植物花草，它们看似卑微，实际上是朝圣之路的组成部分，循着它们那柔顺的姿态，朝圣者将在坚定前行中不断展望到新的地平线。

下午到达冯赛巴东，一个标明只有两个原住民的迷你小镇，但却有着接待朝圣者的完善设施，尤其餐厅明亮阔大，甚至还绘有一幅大型壁画，内容是圣人与主教们共济一堂。店主是一位身形魁梧的中年人，身兼数职——既要负责登记入住，又要照应点菜下单，忙得不亦乐乎。他在盖章时听说我们来自中国，露出惊愕表情说："韩国人经常来，但中国人是第一次见！"

我们要了俄罗斯沙拉和烤鱼土豆片，喷香诱人，大概是饥饿时的感受，悉数下肚后顿觉体力恢复许多。傍晚时分外出溜达，毗邻朝圣者之家是一片绿地，枝叶繁茂的大树令人颇觉凉爽，草坪上散落着木桌椅、纪念品屋和石砌水池，它们的质朴造型和材料，营造出本地的乡土诗韵。

阳光渐远，雾霭变得分外迷人，它沿着起伏舒缓的山地延续到广袤的原野，不断抚慰着、模糊着沉浮于气流中的万物的界线，似乎把人带入最单纯原始的诗意境界。我想，如果一个人一生中未曾体验过这种魅力，那他就应该来到卡斯蒂利亚-莱昂山区中，守候夏日的每一个傍晚。

在我忘却时间而久久凝视苍茫大地的时候，忽见雾霭为乡间小路闪出一条珍贵的缝隙，夕阳穿越这条窄道照耀出两个人形，年轻妈妈与刚能站立的幼童。她弯腰挽着孩子蹒跚学步，就像米勒创作的母亲幼儿画面之再现。我从他们两人的形体姿态可推测出，在母亲眼中除了孩子没有任何其他事物，就如同在艺术家眼中除了美不存在任何其他事物一样。

第二十二天（2011 年 8 月 14 日）

凌晨，我用冷水激醒后，迎着幽暗月色上路。前行不久便登临一个坡顶，圆月逐渐变得像银盘般华美，它的光华将山坡边界和我的形影投向广袤原野，不曰得赞叹：这萌发诗意的绝生机缘呵，唯上天赐予。诗意的丝带使我回想起三十年前同样的月夜，于太行十八盘山道上与割草归来的少年相遇，正是在此时此刻，他将他的前途和命运向我言说，把心中的秘密情思传递给我。司样是这条丝带，令我忆起在大学时代躲在蚊帐中打手电读俄罗斯作家蒲宁的《月色》，两个为爱情而彻夜不眠的年轻恋人，守着如烟月色，最终在相互原谅的泪水中熬至天明。令我刻骨铭心的还有画家乔治·卢奥的"圣风景"系列，那如月色般的低色度、使徒时代的粗犷笔触和贯穿画面的痛苦肌理，再现了早期信仰时代的惨痛精神氛围，终极展示了受难悲剧对于尘世生灵的启示意义。这所有回忆的情怀，皆源于月色的灵感与道路的启示。

日头升起，诗意消散，汗水与步伐成了缠绕肉体的主旋律。从冯赛巴东出发已走了五小时，路况一直处于爬坡状态，负担甚重。终于登至无数坡顶的最后一个坡顶，看到了更远的地平线，其间是处于盆地的城市——目的地彭菲拉达。它呈细长条形，在橄榄绿色的海洋中如一叶白色扁舟，房屋白墙被阳光照耀如珠母贝般闪烁，转折处色彩跃动，一切都历历在目，似乎近在眼前。可一看地图，竟标明还有十八公里！但凡有山区行走经验的人，都会知道这是能见度欺骗了眼睛、缩短了实际距离。果不其然，接下来就是无休止的下坡、下坡、下坡，此间再没有看到过如前所见的城市情景。在体力已达极限时，下坡山道终于与公路汇合，转过一急弯，蓦见教堂尖顶，接着是桥梁、河流、房屋、街道，打听后方知是到了彭菲拉达的卫星镇莫利那色加。走到教堂前，感到历史的严肃清朗，那座供旅行者饮水的泉眼，清洗了沿途的泥土与尘埃，而纳入人们悉心维护的栖息之地。教堂是一座由青灰色石块砌筑的建筑，构造坚实、色调严峻，颇接近阿拉贡之路上的第一个驿站——龙塞斯瓦列斯的色彩调性，体现出某种法兰西的气质，至于为何在此处出现这样的风格，是一个未获解答的疑问。

彭菲拉达作为比尔索区的首府，以市中心的十字军城堡而著名，它是 13 世纪的建筑，而旁边的恩斯纳教堂是建于文艺复兴时期的哥特式建筑，但在我看来，由于尖塔钟楼的巴洛克因素过多，使得所谓的哥特式徒有虚名。傍晚，我沿一座凌空崛起的长坡道旋向城堡入口，经一座吊桥进入大门。门楼上两座碉堡的造型为王冠形，它作为中世纪"王权神授"的建筑语言，表达简洁有力，令人过目难忘。城堡内大部分建筑已不复存在，西北角的一座角楼被修复后改为古代服装博物馆，视频中滚动播放着历史纪录片镜头，回溯该城堡在过去几百年遭到破坏的经历，在西班牙内战时期甚至只剩下断续城墙，大批饥饿人群站在残墙断垣上面，差点没把它吞了。楼内射灯照耀着玻璃展柜中的古代服装，从首领、贵族、骑士到女人、仆人、农民，各个阶层皆有，其形式虽然不同，但却被某种看不见的精神力所统摄，无论是样式或色彩，都显示了仪式般的力量。总体来看，它们将古罗马和拜占庭两个帝国的服装吸纳整合，创化出西方民族的服装体系，简洁、有力、夺目，重点是突出骑士团的使命感。从某种意义上看，它是贝奥武夫、尼伯龙根、亚瑟王、圣杯骑士、罗兰、熙德等中古英雄们，在中世纪时精神物质化的提升形式。

强烈阳光将方形敌楼切割为数个坚硬的块面，我站在其中的阴影里，尤如锲入历史隐藏的暗部。向下俯看，是守卫城的第二道防线的环城墙步道，方形敌楼从环城步道上方悬挑出去，其间隙正好设置一铁闸门，以阻断攻入之敌的退路并从空中给予打击，这种高空制敌的设置非常巧妙。再往前是整个城堡的最高堡垒，我沿狭窄同心圆石梯登顶后，坐在游人已散尽的城垛上，听凭呼啸于高处的风掠过脸庞，感到一种热辣辣的痛楚。这是历史予人的特殊痛楚，里面深藏蓦然发现的快感和深刻的遗憾。我回想登同心圆石梯上楼的感觉，由于肉体受到极端限制只能奋力向上，直到从黑暗中见到一线光明，最终豁然开朗。它是中世纪强调垂直向度的塔状构筑物的普遍特征，具有强烈的心理暗示意义。试想，城市的号手每天清晨到塔楼高处去吹响唤醒民众的号角，就是登同样的狭窄石级，它给予号手信心，得以每天吹奏出同样具有信心的音调。

夕阳在西风劲厉的露台上拖下越来越长的投影，这里空无一人。可距此约两百米的教堂前广场上，却是人头攒动，这微不足道的距离，是否意味着历史与现实、精神与世俗之间的终极差异？现实的确丰富多彩，比如此刻恰是美妙时刻，人们正在围观数对新人的婚礼，新娘飘逸的拖地长裙，给线条刻板的广场带来诗意，为变幻莫测的世俗生活带来瞬间的永恒。然后，悲剧注定在此刻发生，这就是梅特林克所称的"日常生活中的悲剧"。能体悟它的人是具有过高级精神生活能力者，而在现时代，这样的人已越来越少。

第二十三天（2011年8月15日）

一路猛赶至比尔索自由镇，原本在旅游指南中查询得知这里有一座古堡酒店，路过它却顿时打消了进入的念头，怎么瞧也没看到一点古堡痕迹，也就是一般木石铁件构造的建筑，但为何要自称"古堡酒店"呢？我不由得开始琢磨该镇名称中"自由"二字的由来，何以称之？自由的意蕴是什么？它的历史究竟如何？

图1-15　在比尔索自由镇转一圈，罗马时期的痕迹十分强烈，圣母大教堂与大型古堡构筑起从现世帝国至信仰天国的阶梯，而音乐则是这天国阶梯的大理石拱手。这一点可以从圣母大教堂布满端庄典丽雕刻的唱诗班座席上得到充分印证

比尔索自由镇是一座山丘之城，有制高点，具有卫城的感觉。13 世纪建造的主教座堂位于城镇的最高处，两座并列的钟楼挺立蓝天，为城市奠定了自信。距教堂五百米是一座城堡，它应该是这里最早的大型建筑，罗马式的圆形敌楼体量宏大，上覆尖顶，主堡的分垛体造型与罗马的天使城堡一样，这种承传脉络真是奇妙。从古堡前的一条铺石旧道向城中心走去，路径弯弯曲曲，台阶起伏错落，走几步即是一景，不同时期的建筑旧味十足，依次展现了岁月的细腻印痕。不觉间，便来到圣母大教堂前，这是一座外形简朴的罗马 / 诺曼式建筑，内部有四根粗大圆柱，予唱诗班席的正方形空间以定位。二楼回廊上对称设置了两架管风琴，俯视着布满端庄典丽雕刻纹样的唱诗班席位。这一切都明白无误地显示：比尔索曾经拥有高级的音乐生活。

此时已是傍晚，我沿着陡直石级登上教堂平台，四周游人散尽，只有松涛的呼声。从石筑平台上崛起的教堂基础，是我见到过最好的罗马砌体之一，那种对石头性质的精准把握和娴熟的砌造工艺，令我看得贪婪复贪婪，总觉得不够。平台的尽头是一段累积苔藓藤蔓的石壁，上面靠立着一座罗马式拱门，内圈完整而外圈残缺，每段石块均为雕塑般制作完整的形状，之间由铁构件衔接，一看便知是典型的拜占庭工艺。拱门的线角具有充沛的古典气质，没有太大起伏但线条充满变化，处处体现对凹凸、圆润、硬直、刚柔节点的恰到好处的把握，尽管表面未予磨光处理，但背后更加粗糙的壁画托显出它的华美高贵。这真是一种难以预测与描述的感觉！再走几步被教堂侧面墙壁上一扇尖拱形窗吸引，它是诺曼式向哥特式风格攀缘阶段的产物，其外部装饰线角呈现为具有大弧度曲面的转折，它所追求的是光线照射下投影的丰富变化，这种对光影效果的偏好，从室内空间转移到室外，是一种脱离罗马式正统的尝试，在它的背后，隐藏着非常复杂的精神动因。

正在遐想间，一群当地孩童气喘吁吁地跑到教堂周围玩藏猫猫，见我一惊，赶紧叫"你好！你好！"后掉头便跑。我不由得扑哧一笑，与我童年时的玩耍情景多么类似！那是20世纪60年代，南京东郊明孝陵的方城步行环道，中山陵及廖仲恺墓、谭延闿、邓演达墓的周围，傍晚无人时这些地方皆为最佳玩耍场所，可尽情发泄对荒野中古旧建筑的疯狂偏好，冒险与发现的快感交叉享受。这种感觉随着岁月的沉淀，对人的性格气质产生潜在影响，特别是当你已看清人生价值而珍惜时光的流逝时，幼时记忆便会升格为性格底蕴，足以应对世俗各种诱惑的冲击。

晚饭时刻我回到市政广场，微风吹拂十分惬意，游客满座的广场上荡漾着一种留恋且满意的气息。我坐在露天餐椅上看着一个特殊的方向，一个别人不看的方向。视野恰好勾勒出一幅具有深刻象征意义的画面：沿街民宅正在拆建，残墙断壁中露出一道缝隙，恰好是教堂钟楼，当广场被凉风吞没时，它仍昂首于夕阳金光的辉耀之中。此情景极具象征意义，不到百年的建筑已要推倒重来，而千年教堂却屹立不倒，它们都是人的造物，为何反差如此强烈？在不同精神滋养下的人群，因而经过时间火焰与永恒火焰的冶炼后，呈显截然不同的命运；这就如同约伯天平另一端的砝码，经过死亡之门后称量出灵魂价值的分量。

晚霭越来越浓重，趁着华灯初上之际，比尔索悄然完成了从昼向夜的转换，也开启了我诗意的大门。我离开聚集着芸芸众生的广场，兴致勃勃地绕城行走所有未曾走过的路，从乡野小道到石铺大道，从沙石土路到沥青公路，去捕捉在不断变换身姿中观察事物的契机。我踩踏在泥土野草交并露水的小道上，它和中国的乡间小道一模一样，不同是这里的小道可通往永恒的石砌建筑（教堂），而中国乡间小道只能通向旧农舍新瓦房或瓷砖贴面的高楼。

我朝一座被造型灯修饰得骨骼毕现的教堂走去，平时晦暗的侧门在光照下尽显堂皇，古代工匠的精湛技艺，将普通的石块提升到荣耀美学高度，澄明一个深刻道理：历史需要被照亮。我继续绕教堂小广场行走，忽发现北侧竟有一处朝圣者之家！里面一片热气腾腾的景象，厨房内两张桌子围满了正在进餐的人，不时爆发出阵阵欢笑，院里也全是人，情侣们依偎在树荫下，友人们随意散坐于石板木桩旁，大家都在享受喝酒聊天的乐趣，没人注意到教堂的存在。三位热烈争论问题的青年人走出客栈来到教堂侧门，在台阶上坐下后又开始继续他们原来的话题，明亮的造型灯将他们的投影拖拽于铺石古道上，从下往上看显得触目惊心；但令人更为心惊的是，这些年轻人只是换一个地方谈话，而根本没有意识到自己身处何地，即使紧挨着教堂，也对它的意义视若无睹。

路途中只见一段凌空崛起的长坡道，有力地旋向城堡入口，经过一座形状奇异的吊桥进入大门，门楼两座城堡的造型为王冠形，现世君王头戴由荆冠变来的王冠，其中内蕴古代东方"法王"理念的跨地域转换，其精神史意义耐人寻味。

第二十四天（2011 年 8 月 16 日）

　　奥赛布雷罗，一个可眺望远方山峦起伏、云雾漫卷的小镇，准确说是一座小小的村庄，房屋规整、材质坚实，清新的空气和凉爽的微风，尽显山村的地理特征；而一千三百米的海拔，表示徒步者们已进入加利西亚山区。离中午十二点还差一刻钟时，镇里唯一的朝圣者之家门口已放满长长一溜行囊，散坐的徒步者们在登记入住前享受阳光。此地距圣地亚哥只有一百多公里，朝圣者大量汇聚，像管涌似的等待最后喷发。我穿梭于他们之中，享受着观察、发现、推测的乐趣。朝圣者们绝大部分来自欧洲各国，我不懂他们的语言，从神态、表情和手势推测，有老年夫妇、合家倾巢而出者、中年带子女者、年轻情侣、独身男女、结伴友人、父子或母女（极少见父女／母子）组合、专事徒步的准专业人士、肥胖儿与陪伴的家属以及其他身份不明者，完全是一个社会身份的视觉博览会。

　　小镇被两条分流的公路架在中间一块高台地上，由片岩、石块砌筑的挡护墙予以围合，房舍街道落差很大，步道错综复杂。房屋构造呈显著的山地特征，严谨的石砌墙体，上覆茅草或片岩瓦，这一传统后来有所改变，片岩瓦逐渐由油毡瓦所取代。街角处堆放着各种已取过材的余木，废旧农用车辆被涂上油漆而变身为雕塑，整个小镇洋溢着一种偏好手工构筑的气息。

　　一座由原木和砾石构筑的餐厅颇吸引人，遂进入用餐。里面氛围很具特色，座位密集、陈设丰富；窗外则是伫立的松柏和山涧的凝雾，与屋内人声鼎沸、杯觥交错形成鲜明反差，体现出冷凛山区

图1-16 奥赛布雷罗小镇所处的大地,肌理尽显山地风骨。高低起伏、错综复杂的步道,将巴约萨式民居有机地划分开来。严谨的石砌墙体,上覆茅草或片岩瓦,废旧农具再加上金属体变身为雕塑,整个小镇洋溢着强烈的艺术工匠气息,令人陶醉

人们对亲切氛围的向往心态。一幅老照片夺人眼球:一位摄影家于1900年拍摄的奥赛布雷罗到处是草屋,人们身着典型山民服装席地而坐,呈现工业革命到来时农村的贫困景象。

镇上的教堂大概是我见过的最低矮的教堂,一半袒露在炽烈阳光下,另一半处于浓郁树荫中。树荫护盖着墓园,使活人献给亡故者的鲜花不致因曝晒而枯萎。我静坐在墓园围墙的一块石头上,倾听阵阵山风、松涛声如历史絮语,呢喃着生者与死者的喜怒哀乐,在人们未完全听懂时随即被风送往远方。被阳光照射的另半边,教堂的拐角形成一个避风凹处,油绿草坪上立着一尊塑像,其基本样式来自罗马帝国纪念碑雕像,人物头像曰青铜塑成,下部是灰白色花岗岩,正中刻着一枚扇贝。根据铭牌得知,这尊1990年落成的雕像是为纪念D.艾利斯博士——一位为圣地亚哥朝圣路做出杰出贡献的人。

进入教堂观察建筑结构，为罗马样式加山地风格的组合，素朴至极的圆拱由浅赭色砂岩砌成，它们虽然没有形成有机的连拱而各自独立，但却共同支撑着斜坡面木屋顶。主堂部分的屋顶由单面圆拱形遮挡，当中合围出耶稣受难的祭坛；入门上方有一小小阁楼，里面勉强放下一架小型管风琴，估计只能起到为群众唱赞美诗引导、定音的作用。这里所有一切均显示出罗马样式融汇山地风格时的蹉跎历程。

教堂虽小但不断有人进入拜谒，教堂内一直播放着录音——小号伴奏的赞美诗，我从未听过，凭音乐史知识判断应是 17 世纪之后的拉丁语赞美诗作品，音色虽隔膜却品味端正。该教堂只有一位神父，他身材高大、微胖、谢顶，着黑色长袍，束一白带，脚穿一双麻编凉鞋，走路迅捷带风，颇有中古时代修士风范。他于下午六点打开告解木屋坐入，然后不断有人上前跪拜、讲述、对话、祝福，完成告解。我想，正是这一千五百年的教化牧养，才形成山区生命历程的本质，人们内在的道德规范，以及勤恳劳作、呵护环境，杜绝浪费、积累财富的生活作风。离开教堂前，我的目光停留在一尊被光晕笼罩的圣人雕像上，他的美德是受到小镇人民赞美、拥戴的。他，就是来自阿西西的方济各。

傍晚时有幸结识一位来自托莱多的骑马旅行者，名叫卢西奥，体形彪悍、性情开朗，与我边比画边攀谈。他对来自遥远东方、志在走完圣地亚哥朝圣旅程的中国人感到大惑不解。在他看来，中国人有自己的生活观念和方式，与圣雅各的事八竿子打不着，是来看热闹，还是来搞新闻？他不知道西方媒体是怎样报道中国的，以及在西班牙的中国人给人怎样的印象。总之，他不能理解。但我认为，这类事既是中国走向世界的障碍，也是机缘。障碍者，中国经济高速发展给世界笼罩上恐惧骇然心态；机缘者，不对称的文化态势，使中国有心有志者能获得最大机会锲入人类文明的另一核心。

夕阳逐渐失去了热力。随着西风愈劲，人们感到入骨的凉意，于是，纷纷返回宿舍，小镇重归寂静。

第二十五天（2011年8月17日）

　　萨里亚，一个正在发展的中等城市，也是一个古旧事物正在被逐出的城市。当我行走于城西北角时，见到一块堆满旧物的空地，印证了这一判断，它是某种规则铁律的缩影。透过一排生锈的铁栅栏缝隙，我见到堆挤一处的古代石质雕刻物件，围墙头上放置两尊红砂岩花盆形立墩，界定出它们存在的范限。这些曾给人以广泛影响力的古物如今憋屈地挤作一团，受难十字架紧挨着石刻桌凳，喷水泉盆斜依着粗大石墩，任凭风吹雨淋，在无奈中听候处置。

　　萨里亚正勾画这样一条发展线索：老旧建筑随着自然朽坏而被挨个拔除，代之以经过高度性价比计算的楼盘，城市的面貌就这样被一点点改变，无可挽回地与历史告别，取而代之的是现代人的生存扩张。这也许在社会伦理层面上无可厚非，但在环境伦理上却露出破绽，在历史价值方面则直接就是破坏。我深怀感触，这类事在西班牙虽在做，但还有

图1-17　这尊从教堂庭院草坪上凸起的砂岩雕像，未细看时以为是与中国拴马桩差不多的东西，但蹲下仔细看去却令人震撼，朴素的砂岩刻画的是耶稣戴荆冠垂目的形象！本地人民一旦皈依，原先从罗马人那里学会的砌石造屋技能，一步跨越到雕刻人像，不是萨满时期崇拜的图腾偶像，而是道化肉身的真神形象，其间标示出人类精神史上最遥长的距离

所抑制，至少还要遮掩修饰，而在中国则是明目张胆、有恃无恐，其中不仅折射出两者在社会舆论监督和教育水平方面的巨大差异，而且还暴露出更深层面的问题，有待人们思考。

萨里亚大教堂，从外观上并看不出它建于公元 13 世纪，至多能从尾部露出半米左右的罗马砌体基础中，读出与中世纪的关联。教堂的内部乏善可陈，只有拜占庭式主堂祭坛的墙面上的四幅壁画，是与该教堂的建造年代同一时期，根据铭牌上的说明，它们应该是从毁坏的原址中被抢救出来，再按原来形状移植到新墙上的。凑近细察这些壁画，已相当模糊不清，唯其中两幅能辨认出人形，人物长袍由淡赭色线条勾勒，简朴率性、遒劲有力，从氧化发黑的底层中突现出来，尤其与四周白色新墙面对比，尽显古风魅力。教堂里反复播放的格里高利圣咏，成为这四幅小壁画的天然背景，是否特意设之则不得而知。

实际上，我最喜爱的是教堂的外围庭院，它使人更能读懂教堂的精神历史渊源。这个庭院如今已被挤压到最小限度，离它最近的小区停车位仅十二米远，但我仍能看出，庭院原先一定是按圣城耶路撒冷"橄榄园"的样式栽种橄榄树的，但岁月使橄榄树变成了梧桐、槐杨、柳树等树种，即使如此，仍给人们带来一种守护生命的感觉。它源自圣城耶路撒冷中以圣墓大教堂为代表的早期基督教堂的庭院植被文化，只要人们悉心供奉神所允诺的七种植物，便能得到滋养生命活泉的永恒眷顾。

我坐在树荫下的长条木椅上，邻近木椅躺着一位背包的朝圣者，他未修边幅、浑身晒黑，一副眼镜挂于胸前，手翻刚读一半的书的页卷，却已睡去。他那放松休息的状态，以肢体语言表达了一个千年以来的规则：教堂永远是庇护劳累者、贫困者、孱弱者、伤残者、病患者甚至悔罪者的地方，只要人们需要。因此，免费的朝圣者之家也大多设在紧挨教堂之处。环顾周边，落叶虽卷曲变黄，然形态仍旧美丽动人，透过绿荫洒下的阳光，使它们焕发出如秋天般成熟金光，砾石地面的苔藓成为烘托它的绒毯，缓缓书写着生长与重生、死亡与复活的诗剧，并在庭院中日复一日地上演。

我念念不舍地离开庭院，环绕教堂转悠，忽见草坪上有一尊不到半米高的青色砂岩雕像。蹲下细看，表现的是耶稣戴荆冠垂目状，根部是岩石原态，就像从地中长出来似的，令我震惊。从造型意象和雕刻技术来看，我判断应是出自本地工匠之手。面对漫山遍野的顽石，西方蛮族在草皮文化阶段拿它们一点辙没有，一旦他们从罗马砌体那里学会建造房屋，亦是跨出巨大一步，能将它们雕刻成人像——不是萨满崇拜时期的图腾偶像，而是道化肉身的真神形象，就好似一步登天，其间标示出的是人类精神史上最遥长的距离！仔细揣摩雕像的表情，垂目神情中流淌深刻怜悯，这一神情在人类造像史上曾出现过。犍陀罗王子菩萨像、王冠菩萨像，以及笈多王朝的马图拉佛陀立像，都曾表现出这种垂目神情。它来自"割肉贸鸽""舍身饲虎"等惊天动地的故事，传递出一种超越王道强权的价值理念。

从创造的心理层面分析，若想从粗犷刀法中寻觅那稍纵即逝的感觉，并且能与神圣情怀对应上，需要作者自己先酝酿多么深厚的情怀才能达到！不，更准确地说是与自己明确的内在心像相遇，难、难、难！这恰恰触及了圣事艺术的创造奥秘。于是，我手捧相机左右上下反复拍照，恨不能将雕像连同蕴含其中的奥秘一同印在脑海最深处。

晚上，我请卢西奥等三位西班牙朋友在阿方索四世酒店的餐厅吃饭，这是一家风味正宗的西班牙餐厅，牡蛎扇贝做得特地道，席间心想，圣雅各没料到两千年后，他所携带的牡蛎扇贝不仅完成了精神意义上的升华，而且成为西班牙人餐桌上的上品美味，这种饮食文化也相当厚重啊。佐餐的白葡萄酒使大家略有醉意，我们共同干杯，齐声道：波拉嘎萨比！中文意思是"为了生活"！

第二十六天（2011 年 8 月 18 日）

行往帕拉斯德雷伊途中，明媚阳光修茸着翠绿山峦，黛色公路辗转穿插其间，朝圣者徒步山道盘绕于公路左右，就像藤蔓与主干的关系那般缠绵。拐弯后见一河谷，浮现一片山城的轮廓，一孔旱桥拔地而起，将人们引至高台地上，房屋鳞次栉比，从中耸立起一座巴西利卡式教堂，造型方正、墙壁厚重，正面捧举出一扇玫瑰花窗，它的线条华丽、形状丰满，在周边简朴构筑的衬托下显得分外优美，其迎接超然光辉的精神态势令人动容。

步行路段上下起伏不停，当到达帕拉斯德雷伊时，发现它也是一个陡峻坡道比比皆是的山镇，这证明在加利西亚山区已没有大块建镇立城的平地了。进镇后发觉满大街均是徒步者，不论在阳篷下、桌椅旁、步道台阶上或栏杆边，都歇息着他们的形影。转过街角，我看见紧挨广场的一个朝圣者之家前有长长队列，便随之排在后面。在我前面是一位戴圆檐边帽、满脸胡须的中年男子，他对我充满好奇，用英语搭讪道："从哪儿来？会说英语吗？"我说："从中国来，会说一点点。"他立刻兴奋起来，开始滔滔不绝地自我介绍——他叫尤西贝斯，利用假期带全家从潘普洛纳出发走圣地亚哥朝圣路，有老婆、弟弟和两个女儿，还特意将女儿叫过来向我介绍，一个叫伊琳娜，另一个叫玛丽亚。两个穿粉色短衫的女孩立刻向我扮鬼脸、扭身段，淘气到极点。当尤西贝斯听说我的出发地是法国的圣让·皮耶德波尔时，便摊开双手不断耸肩，连声道"不可思议！不可思议！"。此时恰好排到登记位置，他招呼一家老小弄妥后，与我挥手暂别。

办完入住手续后，我前往镇上唯一的教堂。它的外观看不出建造年代，其内部结构为木质斜屋顶，下面座椅是原木上刷了若干遍清漆，节疤历历在目，与四壁粉墙和色泽鲜艳的彩玻画，形成简洁明快的视觉效果，颇为亲切可人。在右侧小屋内依次盖章、捐款，完事后，我按惯例绕教堂一周，在阴凉处见三四十人围坐一圈，一个穿绿T恤蓝短裤的男子正持着红色袖珍本《圣经》讲体会，他语调高亢、动作夸张，像是在演戏，四周围坐者有的在听，有的低头想心事，还有许多姑娘在掩嘴发笑。这是一种怎样类型的团体游呢？

傍晚时分，我向镇外走去。夕晖照亮郊外步行道的桥头，见一群人——孩童、老人、瘫痪坐轮椅者、护理人员等，正在享用阳光的抚摸，一幅生命休养/栖息的诗意图景。我怕惊动他们而悄步绕过，继续沿步道前行，树荫蔽天下，潺潺溪流清澈见底而呈现出黑色，原木栏杆的浅灰本色引导弯曲幽径伸向密林深处。路上偶见行人，一对中年男女迈矫健步伐从我身旁掠过，两位年长妇女则不急不徐地缓步行走，呈现于我眼前的似乎是一幅西班牙式枫丹白露画面。拐过急弯，忽见一个孩童正坐在地上往远处扔石子，边上横躺一辆白色的儿童自行车，原来他是摔倒在地不愿爬起而在自娱自乐，赶来救援的父母形影已出现在道路的远端。

我边走边想，在这条休闲徒步路与圣地亚哥朝圣路之外还有一条路，它就是"堂吉诃德之路"，由塞万提斯于16世纪创造出来，走在这条路上的是两位史诗性人物：堂吉诃德骑士和他忠实的仆人桑乔。此时，西班牙第一代骑士熙德已过去大约四百年，他毕生为之奋斗的事业亦基本达成——阿拉伯人的最后一个王朝无奈地向兵临城下的基督教王国投降，黯然退出伊比利亚半岛。

从圣雅各之路到堂吉诃德之路跨越了十五个世纪，其间漫长的岁月必然融合了生活在这块土地上的所有人民（包括阿拉伯人、吉卜赛人），混成了他们的血质，最终形成了现今西班牙人的民族性

图 1–18　扔石子的男童与白色自行车　这是一幅典型的西班牙式枫丹白露画面，林木深处隐藏着艺术与童心、浪漫和遐想，"波拉嘎萨比"浸润尘世空间的每个细微之处

情。这种性情呈多维形态：一方面是虔诚坚定的信仰，一方面是激情浪漫幻想，另一方面则是无比热爱生活。昨晚大家聚餐时，卢西奥数次提到，下次来西班牙一定要走一下堂吉诃德之路，在我解读，就是走了堂吉诃德之路方才能全面了解西班牙。实际上，在卢西奥身上可看到堂吉诃德与桑乔的双重性格：真诚的眼神、憨厚的体态、骑士的气质、豪饮与饱餐，以及偶尔的慵懒。它们以卢西奥常说的一句话为标志："波拉嘎萨比！"

　　一路信马由缰般地想开去，未及收束已返回小镇，拐了两个弯就来到距住宿地不远的雕像广场，一尊圣雅各戴帽挂杖、奋勇前进的高大铸铜像正熠熠发光。定睛看去，夕阳的余晖透过树枝在大地的所有物体上镌刻浓淡相宜的金色光斑，广场周边的靠椅上、木台上、花坛旁仍有许多皮肤黑红的朝圣者在聊天，而广场另一侧的凉篷吧桌椅上更是宾客满座，人们在尽情享受夜幕降临前的风、光、酒，为那沁入肺腑的凉爽惬意而留连忘返。

　　明天的目的地是阿尔苏阿，一个距圣地亚哥仅四十公里之遥的小镇。我期待在最后旅程中还能有新发现。

第二十七天（2011 年 8 月 19 日）

这几天来遇到麻烦，因鞋紧窄而导致脚磨坏，并且未能及时痊愈，只好穿拖鞋继续走，也许是开创了穿拖鞋走圣地亚哥路的先例吧。天阴，颇有凉意，走了好一会儿方才云开雾散，沿途房舍被晨光照耀，十分亮丽，牧场盈盈、绿叶青葱，加利西亚原始自然形态真美。但另一方面，路途变得有点单调，不像卡斯蒂利亚-莱昂地区段常遇路边古迹，但事情向来是这样，有一得就有一失。

到了阿尔苏阿镇之后，为寻找教堂而向高处跑，结果这常规失效，越走越世俗，眼前全是单一化的住宅楼和仓储简易房，赶紧折回。在主街十字路口寻觅问路的目标，一阵工夫下来竟无人可问，好不容易等到一位环卫女工一路扫来，我便把仅会的五个西班牙语单词之一"伊戈莱西亚"（中文意为教堂）大声向她掷去。这位中年女工抬头睁大眼睛，瞬间明白了我的意思，笑容满面地拉我指向一条下行街道咕噜了一句，大意应是"走不远就是啦"！我赶紧道谢就随之行去，心想，她指的这条路我是绝对不会选择的，为何教堂不建在城镇的高处呢？疑惑之间走出百余米远后一拐弯，果然见到两座教堂，一旧一新、犄角而立，形制小到不能再小，大致与前面见到过的路边野寺差不多。我对这一现象难以理解，唯一的解释是，此地太靠近圣地亚哥，使得当地人丧失了建造教堂的信心，至于其他缘由便不得而知。旧教堂的大门上锁，从其斑斑锈迹来看已很久不开，于是便进入新教堂。走进一看，发现内部所有皆为新物，两边侧廊的天花板和日光灯甚至与司空见惯的办公室一样。教堂内未见到任何管理人员，签名盖章成为朝圣者们的自助行为，看来教堂人士自己先泄了劲。我悄步登上二楼，悬挑出去的平台上放了两排座椅，沿墙壁设置了一架非常陡窄的木梯，通往一扇紧紧锁闭的小门。作为上钟楼的通道，如此狭窄难行，大概是预先计算好修理工每年只上去一回？这种形式上的不易通行，在我看来是某种内在需求变弱的象征，乃至于是整个现代世界信仰衰弱的象征，极需那一声"来自荒野的呼唤"，以振聋发聩之声予世人以警醒。

转遍全镇之后，唯一有些许人文、艺术因素的还就是教堂边的广场。绿荫葱茏的广场上有三个喷水池，每个中间都有一尊雕像，白麻点花岗岩材质，题材是动物、男女少年和妇女。艺术家以现代写实手法塑造出憨态可掬形象，挺符合小镇的自我定位。广场靠教堂一侧有两棵枯树段，在其他枝叶茂盛的树木中显得特异，它们纹理苍劲、节疤分明，就像两尊生态雕塑，若将它们与教堂钟塔楼摄于一个镜头中，倒是别有一番意味。街道上烈日高照，广场内却因为绿荫蔽天而十分凉爽，不时微风拂面，引得鸽子纷纷飞到池边，环顾四周后瞅空歪脖饮水，为小镇广场平添不少灵动因素。

晚七点半我又来到教堂，观摩一下晚祷。教堂内稀疏坐了十几名当地的老年人，我数了一下，老太太十四名、老头三名，外人就我一个。令我惊奇的是晚祷开始后主祭坛上竟然没人，改为喇叭电声领读晚祷，后面的小桌上则是朝圣者们在自助盖章，进进出出，各干各的，相互无关。因有急事要办，所以我心有不甘地退出仪式。一个疑惑悬在心中：晚祷结束时也是这样吗？

总之，阿尔苏阿镇令我大失所望，离朝圣目的地越近的城镇就越是乏味，这不会是一种规律吧？

第二十八天（2011 年 8 月 20 日）

清晨，向西进发之前向东方遥望了一眼，地平线上的微曦似一条柔软丝带，城镇灯火如嵌入的粒粒钻石，使丝带节奏分明，欲将大地轻轻捆绑。循着农家牛羊粪的气息钻行于林间徒步小道，时闻远近之处鸡鸣鸭叫，数次遇岔路口不能辨识，只好借手机屏幕微光到处找扇贝或行走小人形的路碑，不亦乐乎。此情景使我不禁回想起童年时在陕西农村地窑中摸黑寻亮、放肆玩耍的感觉。

不久旭日东升，迅速变成艳阳高照，将苍茫晨雾一扫而光，原先银辉四射的月亮顿时变成半拉白纸片，可怜巴巴地贴在蓝天上。眼前是高山草甸、牧场和谷物庄稼田，上面荡漾着一种浅粉绿和淡紫的色彩交响，这是海拔高度逾千米的标志，与云南梅里雪山雨崩村青稞田的色彩类似。在小道边的草丛中拾得不少苹果，它们从树上做自由落体运动，掉入丁老师口袋中。

遗憾的是走到现在仍没见到一处古迹！只在一家乡村酒吧旁的草坪上，见到一些老旧木桌椅、一辆涂了黑漆的老式大轱辘车、几块特意堆起来的石头，这是装置而非文物。沿途不断遇到迎面走来的徒步者，不要以为我犯错了，他们是去过圣地亚哥之后，再到卢戈古城去的朝圣者。

行至一个处于阴凉地的公共休息站，撂下沉重背包透汗。它以一眼泉水为中心构成，辅以草庐、石桌椅等。关键是泉水出口形式：一个贝壳型双曲面水池，它的九十度立面正好是一能与之吻合的扇贝，就像是一个完整的扇贝刚刚打开壳盖，泉水正好从中央流出。

图 1-19 东方地平线未亮之时，我在一块刻满扇贝图形的高大石碑前自拍下这幅照片。脚上穿的不是旅游鞋而是凉拖鞋！原因很简单，起先合脚的旅游鞋已不适合于略微肿胀的双足，不得不在朝圣途中换上拖鞋，宁愿日行公里数大大降低，经验就是远足者购鞋时应大一个尺码

形式的完美也象征着概念的完整，此便是范例。那么这概念是从哪里来的呢？它最早的来源是佛教的"利他主义"。当阿育王皈依佛教，于公元前 259 年举行"第三次结集"后，便下令举国建立慈善机制，遍及全国道路各个角落的公共设施便是其重要组成部分。如今在印度城市里许多公共水池，据说都是阿育王时代流传下来的。佛教西传到地中海世界之后，经过漫长岁月，"利他、传道、奉献、拯救"与"使徒、扇贝、福音、甘泉"等一系列概念融合一体，再加上罗马帝国对公共设施的有力举措，最终形成了如今的公共休息站，它无论形式如何变化，所承载的"慈善"这一核心观念始终未变。因此，当人们啜饮甘泉的同时穿越两千三百年时空探到根源，心中怎能不感慨万分。感慨之余端起相机上下左右一通照。当我在细致拍摄扇贝泉流的局部时，一位男子配合我按下龙头开关，汩汩

流水像银链般垂落四溅，煞是好看，俩人真是心有灵犀一点通。

骄阳当头之下到达佩德罗索，一个微型小镇，却有好几处朝圣者之家，且相当拥挤，看来这里是朝圣路上的瓶颈。该镇和中国一样，新区是沿公路发展，老区则往南一公里远，地势低洼，以教堂为中心。我顺一条下行铺石路向老区走去，两边建筑的古旧墙体和苍老树木，亦为我做着明白无误的向导。我被三株上了岁数的粗大橄榄树迷住了，主树干呈现出不可思议的纹理，斑驳、顿挫、铿锵，肯定曾经历过常人难以想象的磨砺与劫难。

不远处就是教堂。这座小教堂十分卑微，毫不起眼的早期罗马式风格，斜屋顶上的半圆筒形红色黏土瓦上长着蒿草，根据石刻铭记，立面与钟塔楼是 1926 年重新修的。教堂内陈设很一般，多是木雕彩绘，有一种蜡像般的腻味。最佳创意是主祭坛立面，它不是通常所见的背屏，而是干脆以一个扇贝形圆弧曲面作为背屏，中央立一个塔状祭坛，颇觉新鲜。使我惊讶的是，扩音器里一直在播放巴赫的管风琴赞美诗，这证明主持神父的品味相当不错。

傍晚七点整，一矮个子中年人走到教堂门前，扯下挂在墙上的铁链把手。我纳闷：他要干吗？原来这铁链条直通铸铜钟，只见他以熟练麻利的动作连续拉了二十下，钟声响遍四野。这是我在西班牙第一次看到手动敲钟，因为其他教堂全都自动化了。

我绕着教堂转悠，周边的墙体十分耐看，庭院的矮围墙曲折歪扭，石板上充斥着垢锈，虽经后来涂盖整修，仍能从中看到最初的形态，总之，古代气息盎然。几块靠在墙壁上的大石板上排列了几个凿洞，均有铁件穿过锁定，这是拜占庭建筑构件的特征，说明罗马建筑文化跨越时空的渗透力。紧挨教堂有一老旧建筑，原先可能是小型修道院，如今被粗略改建，成为社区组织的活动室，门口还放了一台大红色自动售货柜，上面贴了一张笔迹笨拙的字条：机器已坏，暂停使用。我探身房间瞧了瞧，只见一个穿红衣的肥胖女子正在指导六七名老年退休妇女做针织活计。

夕阳西下时往回走，人家院内梨树、苹果树上果实累累，道旁草丛中可随时捡得。路过一小公园，由十余株橄榄树合围而成，园内随意放置若干桌凳长椅，遍地是落下的橄榄，与泥土草皮混杂一块，许多徒步者在这里斜坐躺卧，人情味十足。

　　以上是我即将结束圣地亚哥的阿拉贡之路时，对西班牙普通小村镇最直观朴素的描述，它们是画家通过眼睛"看"到的景象，虽不如照片客观，但要比照片真实。

第二十九天（2011年8月21日）

凌晨五点，朝圣者之家已人去楼空，人们都着急上路，为的是早一点到达数十天来苦苦期盼的目的地。随着踢踢踏踏的脚步声、拐杖声和叮嘱声，人流拥出佩德罗索。先是在幽暗的树林里走，月光透过枝叶在地面上烙下一个个亮点，而映在石头上的斑块竟然呈银色反光，和积水极为相似。我担心拖鞋踩入就不好办了，遂跟定一个戴头灯的人——一位有点罗圈腿的中等个头青年，他往哪儿走我就往哪儿走，故得以安全步出令人迷惑的密林幽径。

天大亮之后道路虽清楚却变得乏味，行至一个景色开阔的漫坡，山顶上竖立一尊大型铸铜雕塑，四面浮雕烘托顶端一座抽象物，手法相当现代，加上朝圣者们粘贴在上面的各种物件，已变身为后现代作品。人们在雕塑的前后左右拍照留念，抒发许多天来的复杂感受；这尊青铜雕塑是进入圣地亚哥的预识，也是即将结束朝圣之旅的标志。

接下来的路有了变化，由山道转为郊外公路，一眼望不到头

图1-20　在迫近圣地亚哥城的一个山坡顶上，一尊巨型铜雕赫然矗立，上面贴满了朝圣者的各种祈愿字条和小物件，相当光怪陆离。向远处望去，山道转为公路，一座现代化城市映入眼帘，它意味着朝圣之旅即将结束

的人群，沿着公路向西滚滚流淌，上坡下坡，再上坡下坡。终于，在最后一个下坡前看到了圣地亚哥的市容，密集的公路、高大的立交桥、玻璃和钢结构建筑、大片红瓦顶楼房，跟我想象中的圣地亚哥大相径庭，令人失望。直到走入市中心老城区时方才逐渐恢复感觉。

当圣地亚哥从新建筑的伪形中剥离出来，便可看出它原来是一座建立在山丘上的城市，模仿的是耶路撒冷、君士坦丁堡、罗马。宽大的铺道石将我引入中世纪的狭窄街道，它如蛛网般将大小广场连接起来。从罗马式柱廊向空中探头，只见天使雕像纷纷从天而降，仿佛要和纪念碑喷泉衔接；绕过持剑武士青铜像的高傲身姿，可望见远处幽深的拱门甬道，从中传来苏格兰风笛的悠扬乐音。

我顾不上观赏这些景色而先办首要大事：去朝圣者办公室领取证书。没想到在一个不大的院子里聚集了那么多汗水淋淋的人，许多面孔似曾相识，队伍绕了几个圈延伸至院外，大家神情都很急切。效率还算高，不到一小时便排到柜台前，接待的办公人员让我填写了一串必要信息后便敲上最后一个章，算是对旅程的盖棺论定，然交 2 欧元得到一份表示终成正果的证书。

出了院子我仍然被纵横交错的街巷吸引，它的格局有别于伊斯坦布尔和耶路撒冷，而是一种具有西欧独特精神气息的格局，典型的中世纪空间营造概念。狭促的街道与高耸的房屋，使行走其中的人始终只见一窄条天空，它具有强烈的心理作用：让人时刻处于一种精神亟待提携的状态，特别是当你走出小巷来到教堂前广场，蓦然抬首见到教堂高入云霄的尖顶时感觉到神圣空间对大地生灵的笼罩，某种由衷赞叹与心悦诚服便会漫溢胸中。我敢肯定，古代朝圣者更是会泪流满面。

与神性空间对应的人性空间是柱廊，它是神圣向世俗过渡的灰色空间，那亭亭玉立的柱体与优美流畅的曲线，对空间进行了一系列富有人情味的分割，光亮与阴影在此交汇，祈祷与生活从容结合。试想我们回到古代，一位穿长裙的少女从教堂祈祷归来，手提一罐牛奶和一篮面包，款步走过柱廊。你从这头望过去，圆拱和柱体的阴影正好托显出她苗条的倩影，那种生命美妙的诗意顿时萌发。这不正是但丁在佛罗伦萨旧桥的桥头见到贝德丽采、波提切利看到西蒙内塔的时候，瞬间形成的内在心像吗？更重要的是，这些心像最终上升为具有超验永恒之美的形象。

正是在古城遗存的石头语言中，我们无限接近灵感产生的源泉，艺术创造的奥秘。我再次深深地惊奇，石头竟能通过某种堆砌方式而产生出如此伟大的精神力量，竟能如此深刻地影响人类的生存方式，而它们原来只是静静地躺在荒野里，或只是山体牢不可破的一部分。自古以来，人类生存最初一定是用最方便获取的物质——树皮、叶子、藤蔓、根茎等等，即所谓的草皮文化阶段，一旦人类认识到石头的意义与价值，便舍命获取，即使要付出巨大代价也在所不惜。埃及人率先做出典范，他们对石头的执着是任何文明所无法比拟的。希腊化将地中海世界古老的石头文明予以精致化和人性化，这笔遗产为罗马帝国所继承，而西方建筑则是蒙罗马建筑文化所赐，方才逐步成长起来的。

夜幕垂落，大教堂广场上散坐着许多人，在尽情享受暑热散去后的凉爽。喜爱街舞的小伙姑娘们在余温尚存的石板上开耍，一位穿黑色紧身胸衣、身材小巧的姑娘，其翻腾、跳跃、劈腿的功夫了得，袒露在外的胸腹肌居然还有块状线条！她一时兴起还来了一个用肘部连续击打地面兼翻滚的动作，引发一片叫好声，真担心她的小骨头折腾坏了。广场台阶下面的街道属于世俗区，是可以胡折腾的地方。一家饭馆老板经营有方，聘请了一个老头装扮成大胡子朝圣者，手持扫帚前后招呼，还请了一个四人乐队——鼓手与风笛手各两位，苏格兰民族气息浓郁的演奏，相当感人。当他们奏起一首特别欢快的曲子时，引得几个男子离席而手舞足蹈起来，其他游客也一齐击掌助兴。

距此一百米远的教堂，在泛光灯照耀下显出一种动人的苍白，现世与永恒的距离如此切近又那样遥远，令我唏嘘感叹不已。

第三十天（2011 年 8 月 22 日）

我心里默颂着 J. S. 巴赫 82 康塔塔《我困倦了》的甜美旋律，沉入梦乡，自我修复连日劳累的创痛。醒来看见雨后清新阳光，屋顶线条明晰、色彩亮丽，顿觉心旷神怡。从旅馆走出不远便是一片城市公园，花岗岩纪念碑、宽阔的步道、参天的树木，以及由爬墙虎环绕的五层鸽房，沿中轴线对称式布局有序展开，引导游人拾级而上，来到真正的中心——一座造型平正的罗马巴西利卡式教堂，它的周围是高大的橄榄树林，鸟儿的啁啾声混杂着橄榄掉落的噼啪声，宽厚的大地盛纳它们，又使其返回滋养生命的行列。这种数百年甚至上千年未变的景象，大概是我见过最具穿透力的古风景观。

在圣地亚哥旧城区的街道溜达真是愉悦有加，甚至见到已非常熟悉的 Albergue（朝圣者之家），也觉得别有情愫。在一座古建筑的阔大台阶上见到许多朝圣者，他们花费生命中数十天时间完成了既定目标，拿到了证书，也去酒吧庆祝过了，但从他们的眼神可看出此时有些失落。在我看来，首先要解决这些天自身的问题，即沿途所闻、所见、所感，以及对历史探入的广度、对圣地亚哥理解的深度等。如果将上述问题都能把握准确了，便会顺利转向下一个目标，否则，人生恐会因走得不踏实而一再陷于阶段性的失落、彷徨状态。

思绪仍停留在朝圣者那里，脚步却已行至旧城核心区。据我观察，在这个由高耸的教堂带动起来的城市空间中，信仰气氛十分浓厚，只要开门的教堂都在进行午祷或弥撒。但这并不妨碍自古以来就有的世俗街头演艺活动，艺人们占据每一个要道口，风笛、吉他、

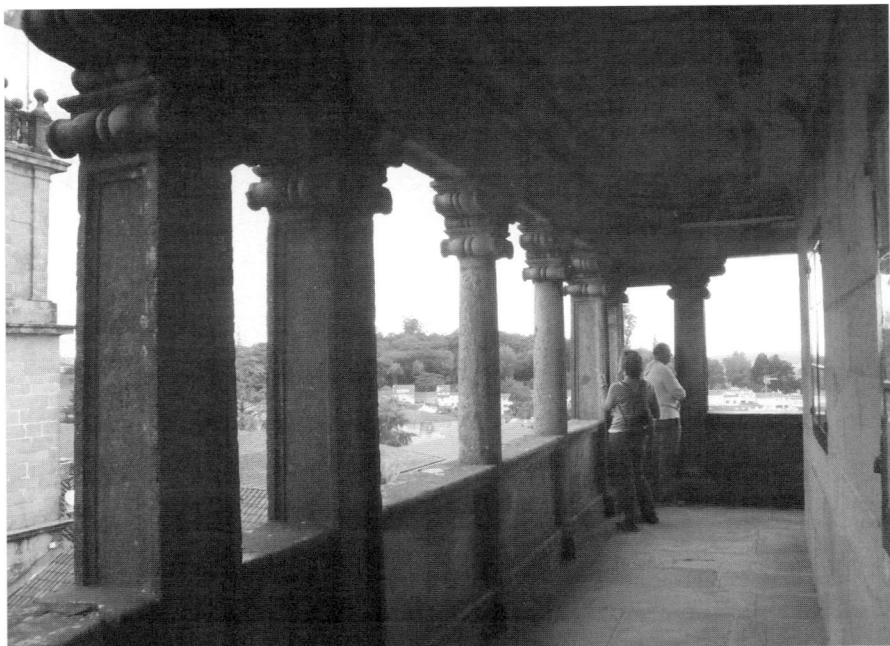

图 1-21　从一座混合变体风格的巴西利卡式教堂的回廊中向外眺望，圣地亚哥古城景色尽收眼底。这是我所见过的最具穿透力的古风景观，那些造型各异的柱式，糅合了从印度次大陆到伊比利亚半岛的文明积淀，为诞生在朝圣之旅上的"人类命运共同体"理念做出见证

三角琴、鲁特琴、手风琴、大鼓、小鼓、铃鼓、沙锤与电子乐器，甚至还有合唱队与魔术组，五花八门，应有尽有；但所有一切，都是围绕大教堂的生活点缀。

圣地亚哥大教堂的格局是典型的拉丁十字形，交叉肋拱穹窿向上升起形成一个八分瓜形的穹顶，半边封闭，故只有四个采光侧窗，光线高远而神秘。唱诗班席位被设置在圣雅各宝座的两侧，座席并不多，估计当年举行礼仪时，楼上歌咏队与之互唱应答而形成"拜占庭圣咏"的音声效果，这种形式在威尼斯常见，尤以圣马可教堂为最。以穹顶为中点，在与主堂轴线对应的一侧安设了两架管风琴。它们的宏伟体量贯通了上下两层，当引导性的管风琴音群回荡于空间每一个角落时，那种被信仰激情驱动的上升感，被天国光辉照亮而引发的创造潮水，激流汹涌，无限接近了米开朗基罗、安吉利柯、埃尔·格列柯、帕勒斯特里纳、阿莱格里艺术的崇高境界。教堂的内部空间形式，采用的是罗马式三圆拱柱廊，中间加高，两侧设二层回廊，其上光影缥缈，似为天使降临预留。确然，当信众们在楼下座席列好队时，小号的昂扬音调伴随着圣歌从二楼飘然而降，并隐约可见歌咏队的素手白袍，怎能不使心提至嗓子眼！这种空间形式显然是受圣索菲亚大教堂二层皇家礼拜堂的启示。的确，那是一小群自认为受上帝恩宠的人，为达到与天使同在的愿望而苦心孤诣的营造，但不管怎样，能以建筑体现出这种相当抽象虚无的愿景，实乃人类精神艺术之奇迹。

主堂的华盖基本是一个小建筑，圣雅各宝座全部用黄金镶嵌宝石外饰，不仅直通到地下的银制圣骨盒，而且向两侧延伸，以至于立柱因装饰丰盛而相互衔接，变成了一个华丽的侧屏立面，中间高悬一个镀金熏香炉。这些都是典型的拜占庭圣事艺术的手法。我突然瞥见布道坛上华盖内曲面是一个完美的扇贝形，只有在这里明确显示了圣雅各与本地的关联，留下了特殊的印记。按拜占庭式教堂规律，主堂的采光是独立的，与窗户无关，透过目前主堂的人工灯光照明系统，可还原出原先的主堂采光形式：密集的烛光被布置在所有可安放的地方，形成高照度，以充分显示金、银、宝石的璀璨。那么这种拜占庭式的采光传承线索，究竟是怎样接续到这里的呢？这是萦绕在我心中的一个悬句。

教堂前侧面有一个小礼拜堂，瓜形圆穹顶，顶部为明窗，是罗马万神殿形制的拷贝，但万神殿原有的粗壮因素在此已被完全祛除，代之以形体生动、比例合理、优雅华美、精致细腻的风格要素。所有在里面敬拜的人都毫不怀疑在这座礼拜堂见到的所有物质都是按照神圣意志而造，至于艺术家在设计制作时花费的苦心或所历经的失败都已被忘记。大理石打磨得发出如凝脂肌肤般的高贵光泽，它变身为立柱、花坛、地面，向人们宣告天国之美是怎样的，人与神的关系又是怎样的。此外，要特别论一下管风琴与建筑空间的关系。

我们常见的是管风琴与哥特式大教堂内高大空间的对应关系，音群上升的力度集中到穹顶再回落地面，给人以灌顶式的震撼，从未想象过管风琴在拉丁十字形或罗马圆拱单向穹顶空间中的音响效果。我发现，大教堂之所以并排设置两架管风琴、发音管的出口方向呈水平状，而不是像哥特式教堂一架管风琴、发音管呈垂直方向，其中蕴含深刻道理。水平音流能顺利贯穿拉丁十字的各个角落，让每位信众都能强烈感受到从主堂宝座上发出的庄严呼召，那种强大的带动力量不可抗拒。在领发圣餐时，管风琴的音调旋律进入沉思冥想的境界，如同在轻柔地呵护肉体与灵魂的神秘交融。

第三十一天（2011 年 8 月 23 日）

大教堂的音响空间，以水平音流取代了垂直音流，这是一个重大的抉择。保持与欧陆最东端的圣索菲亚大教堂的关联，就意味着持有圣地的排序资格，与耶路撒冷、君士坦丁堡、罗马处于同一条血缘脉络上，其地位不再动摇。我感到这条思路深不可测，一定隐藏着诸多秘密。

今天因北海冷空气南下而降温落雨，待雨稍小时走入大公园，只见植物一片葱绿，生机盎然，但纪念碑却不高兴了，它正面雕刻的那对男女青年昨天还容姿焕发，今天却因淋湿局部而显得形态愁苦，依偎变为哀怨，背面的雕像手托腮帮仿佛正在发出叹息。一只喜鹊屏翅以潇洒姿态倏忽停在公园的木靠椅上，晃脑左右观察。距它二十米处的五层木质鸽房上聚集许多正在打理羽毛的鸽子，纷纷蜷缩着身子发出咕噜声，看来下雨对它们的影响不小，那些原来被叶子遮掩的没人去的巢穴，现在也有鸽子奋力挣扎地钻入。鸽子归巢的画面使我想起了教堂，人与教堂的关系不也是如此吗？

我再次迈进大教堂，看见横亘于空中的管风琴水平发音管。我始终未能解惑的是管风琴师的演奏席究竟在哪里，是否放在二层？若是则为何如此设置？纪念品屋内有售首席管风琴师演奏的弗雷斯科巴尔迪、巴赫、科莱里等人的作品，证明这架管风琴的地位不可忽视。于是，我买了书和管风琴光盘，作为解密的辅匙。我步出教堂赶往博物馆，路上被一座古风庭院吸引而不自觉拐入。只见此时庭院中阵阵秋雨急，院中央一尊大主教坐姿青铜铸像被淋得精湿，表情陷于极度忧愁，一晶亮的水滴挂在他鼻尖上，不久落下，如涕零状。四周花卉怒放，在古旧砂岩柱廊衬托下更显势不可挡。但它们再美也只是一季，敌不过旧物，更与永恒无关；然而，永恒也要靠一年一度的花开花落来证明，这就是上帝绝妙的设计。

博物馆是大教堂的一个有机组成部分，这里方才展示了真正的历史，而博物馆的建筑本身就是历史。通过演示厅大屏幕的三维演播，我一睹教堂正立面的"荣耀之门"之真容，如今它被一个18世纪建造的巴洛克风格立面遮挡，而且正处于维修中。但仅就石雕的手法来看，这件12世纪的旷世杰作显示出极高的品位：平正、钝厚、拙朴，充分证明当时充溢于雕塑家心中的心像是多么丰盈。正中端坐的大使徒雅各双手伸掌向前，可看到钉十字架圣迹，其他人物个个神情专注、动态鲜活，最吸引我的是向心曲面上的一排人物，他们容貌像是职业音乐家，每人怀抱一件乐器，边弹边唱、催情动容。明亮的展柜中陈列着准确的复制品，它们形制小巧，适合于乐者盘腿席坐抚摸弹奏歌唱。这种形态肯定不是西方的传统，而是来自东方世界，可追溯到大卫、所罗门时代的犹太歌咏，希腊平德尔的合唱颂歌，使徒时代地下墓窟仪式中的早期赞美诗，希腊教父时代的拜占庭圣咏，以及安布罗斯圣咏……这些丰厚滋养如今已成缄默的秘密，变成凝固的雕像，化为躺在展柜中精致的仿真乐器，静待人们去破解。

博物馆的二层柱廊庭院，这是我所见过最为宏伟壮观的庭院，只有莱昂的圣马可修道院的庭院与之较为接近。砂岩四方形立柱上部具有强烈的哥特式要素，而内部的柱顶穹窿体现了伟大的空间意识，肋拱生长得如伊甸园中生命／智慧之树，顶部花结装饰亦是"银匠式风格"的延续。远处，一位黄衣执事悄然走过，闪身进了绿色大门，宽大的柱廊地面两边刻满了去世神职人员的墓志铭，他们以能进入这里为殊荣。从19世纪中叶直到今年，排列分明，近几年的铭碑上还供奉着鲜花燃烛，但绝大部分已再无人前来拜谒供奉，任凭灰尘光顾，被管理人员定期清扫。他们已进入教堂的历史序列，其分量被重新予以称量，也许生前煊赫者在这里不值分文，因为永恒秩序铁面无情。看到此时，使人顿觉真正握有时间者是教堂，尽管青铜大钟被放在庭院里。此时，"古老""历史"等词语在"永恒"面前彻底失效，只要一看那些墓志铭就立刻明白这道理。肉身的快乐、世俗的成功在时间面前像浮尘一样微不足道，但天国永恒又需生命活泉代代浇灌。

再上一层楼是游客能去的最高层柱廊，多立克柱式支撑的单向连拱廊，有如德尔斐的奉献柱——隐喻少女纯洁无邪的形体，它们似天使歌咏队般排列，勾勒出虚实的美妙之形。栏杆就像裙袍，质地为粗粒石灰岩，深浅苔藓斑锈嵌入缝隙中形成垢迹，以最朴素的形式战胜了时间。往下展望，雨后广场的石块十分好看，焕发出一种来自石块内部结构的美。拼缝沥沥渐渐，像北宋哥窑开片瓷纹理般清丽。

这是我在圣地亚哥的最后一晚，故选择广场下的饭馆进餐并欣赏苏格兰风笛四人组合的表演。最欣赏的是女鼓手的技艺，她能潇洒地击打出异常快速清晰的鼓点，唤起一种生命的内在激越节奏。这生命的节奏使用铃鼓伴奏的肥女不能自持，也随之急速踏步跳起来。我惊奇她能克服那么大的体重而跟上步点，足可见这种与爱尔兰踢踏舞是近亲的节奏步点有多么大的魔力！观众们也被感染，跟着鼓掌跺脚，将这一生命狂欢继续到午夜。

第三十二天（2011 年 8 月 24 日）

诗人 S. G. 波德诺写道：

Compostela is a long street
In the memory
Where the names and the hours
That each person remembers wander…

大意是：

孔波斯特拉是一条长长的街道
在记忆中
名字和时间都已忘却
每一个人铭记的是漫步街道……

人们漫步的究竟是怎样一条长长的街道呢？诗人明确说名字和时间都已退出，那么剩下什么呢？我想，首先应该是那些构成街道的物质，然后是寄托在这些物质上的情感，以及诠释这些物质的理念。

我们马上遇到一个问题：中世纪街道具有消除时间的功能吗？如果有，为什么？这里我们先要避开现代的时间观，甚至要绕过亚里士多德的时间观，而与奥古斯丁时间观相遇，顺理成章地会与安布罗斯相遇、与希腊教父相遇、与普罗提诺相遇、与柏拉图相遇。这是一个伟大的精神单元，它从轴心时代起始，到文艺复兴截止。在这个现时代人已非常陌生的单元里，垂直向度是生命所追求的方向，同时，环绕或规定生命的外部世界是朴素的、恒常的，没有超过生命尺度之外的特殊世界。因此，人们有充分的信心通过艺术去把握这个世界，当岁月流逝到特定时刻，人们回首望过去，便只能用语言这样说：在这个我们已无法再跨进的世界里，"古老"一词失效，唯有"永恒"存在。

离开圣地亚哥去往加利西亚临近北大西洋的城市维戈，犬齿交错的海岸线深深锲入内陆，形成了一个又一个犹如梦网般的黄金海滩。这里以盛产扇贝牡蛎闻名，当年使徒雅各携带的扇贝，已成为人民肉体与精神的双重食粮。在维戈古堡酒店的露天阳篷下喝一杯咖啡，隔一条蓝色的河与葡萄牙相望，以教堂领衔的城市天际线极具生命韵律，它勾勒出的氢形，证明罗马帝国时代航海事业之发达。

来到一座地处山顶的文化考古遗址，见到四千年前土著居民房舍，排列密集的圆形石墙，屋顶覆茅草，居住者为渔夫和猎人。这些石头的垒聚形式解我一惑，即渔猎时代的伊比利亚半岛的土著居民是何时开始砌石筑墙的，它与罗马居住文化的关联，以及与后来成形的西班牙建筑的关系。沿北大西洋海岸线继续北行，夕阳照耀温润土地一片辉煌，这情景使我思绪从西端飞至东端爱琴海，凡心智发育成熟的民族便创造出美妙浪漫的神话，幻想有太阳神阿波罗的马车驰骋于长空，并赋予意象以形体。

继续前行见到一艘古代三桅帆船模型，这是哥伦布当年发现美洲之后派信息船返回时登陆的巴约纳古城，城堡依山而建，深宏壮丽，充分利用地形进行营造。城墙绵延与著名的"美洲海滩"衔接。此时正值夕阳降落之际，横空长云底部染上红光并被撕透，蓝、白、红、烟四色并置的微妙感觉，就像亲睹地壳深层沉积岩的奇丽纹理那般惊心动魄。

图 1-22 眼前一片考古遗址为我们打开了西班牙的历史新窗，渔猎时代的伊比利亚半岛土著居民从这里砌石筑墙，在热情迎接罗马砌造法的过程中，使自己脱昧而开始步入文明社会，并在日后纷至沓来的各种文明洗礼中生长出西班牙民族特有的石质建筑风格

下半部

浮想联翩

路——个体与民族

一　路与个人

当单独一个人在大地上不断移动身体时，他感到肉身的重量，感到生命被夹在"有限"与"无限"之间的张力，"有限 / 无奈"与"未来 / 希望"并存之痛。当朝向新的地平线奋力而去时，超越同行者或被别人超越那一瞬间，压力化为真切的生命磨砺，承受生存之重的悲与心灵升华的喜。这些要素集合一处，构成了路与个人的第一性的关系，是人生经验中最本质的经验。

二　路与民族

路与民族的关系，具有别样的意义。民族走过的路，是他们在生存线上挣扎的印痕，是他们被迫迁徙的轨迹，因数量巨大、太过琐碎而被历史湮没甚至遗忘。民族开拓成功的路，是他们已经过了残酷的生存淘汰，开始构建部落、城邦、王国甚至国家的标记。

三　神圣之路

我这里要讲的是第三种路，即"神圣之路"，它是对抗"优胜劣汰"生存规则、"胜王败寇"律令而产生的路，是人类受神圣启示之后生发的路。它由信仰支撑、心灵规定，比如使徒传道之路和朝圣之路，东西方都曾有过。这类路途极具危险，它完全不顾一般的生存常规，比如语言、环境、部落范畴、民族疆界以及自我保护能力等问题，而只是根据一个启示、一个理念便毅然前往，是常人断难做到的。公元前 3 世纪阿育王派传道师弘扬佛法，根据的是誓言"以佛法代王法"的理念；十八位传道师赤手空拳，唯一坚定信心的物件是佛陀的舍利子。同样，耶稣的死而复活和升天给信徒以极大信心，他们凭"誓将福音传播天下"的信念而去世界各地传道，当时《圣经》尚在写作中。最远程的传道当推雅各，他发挥自己作为水手渔夫的想象力，竭尽全力完成"地极传道"之举，所谓"地极"即罗马帝国的西部边陲，是当时已知世界的尽头。

这类路是非常容易夭折的路，因为它是违反生物存活规律的，适者生存、优胜劣汰讲求的是自然铁律，它直到现在也仍然是人们都恪守的规则。这种路作为"轴心时代"对人类最伟大的贡献，为人类文明彻底摆脱愚昧而提供了一条崭新的路向，它的核心内容是"灵魂拯救"与"利他主义"。"利他"是光明，但毕竟是虚空；"利己"虽黑暗，但总是实有。于是，人类文明便在虚空与实有两方面开始了艰难的选择。人的实用理性在告诉自己，那黑暗的实在是能把握住的事物，要紧紧地抓住它！但另一方面人的灵性又在说：光明是灵魂的唯一出路，为它宁可舍弃尘世一切！因此，这是一种最具挑战性的路，同时也是考验一个民族精神力之路，如若成功，它所凝聚的精神爆发力将书写人类最大想象力的瑰丽篇章，而公元500 年到公元 1500 年这一千年的历史，便印证了这一点。

布尔戈斯大教堂

在公元 1212 年的那瓦斯·德·多罗萨战役中，以卡斯蒂利亚王国为首的基督教联军勇猛无比、以少胜多，一举击溃强悍的阿拉伯大军，不仅取得了基督教王国对后倭马亚王朝具有决定性的胜利，而且为日后统一的西班牙王国奠定了最重要的基石。

九年后的一个盛夏清晨——公元 1221 年 7 月 20 日，卡斯蒂利亚王国的斐迪南三世亲自搬起一块花岗岩石扔进他事先挖好的浅坑中，为布尔戈斯大教堂奠基。这位年轻的国王做梦也没想到，他敕令建造的布尔戈斯大教堂将要花费多长时间才能完成，竣工后的整体形态是怎样的，是否与原先设计图纸一样，或者万一在建设过程中出现任何问题，有无应对措施……这一系列在现代工程中必须考虑的问题，当时的教堂建设者们似乎根本不予考虑，而只管埋头建造，因为前方有神指引，不用追随者们操心。

法兰西哥特式大教堂的兴起，源于拜占庭学者翻译希腊典籍、传播知识与智慧，源于巴黎城市音乐爆发、时间观念的更新嬗变，以及东西方文化的碰撞与刺激。十字军在巴勒斯坦／耶路撒冷赢得短暂胜利后，即被接踵而来的连续失利彻底淹没；相反，基督徒们却在伊比利亚半岛上节节胜利，"光复运动"的目标已非遥不可及。因此，在圣地亚哥朝圣路上兴建一座大教堂来肯定这些弥足珍贵的胜利，是广大人民心中的迫切呼声，而纪念英雄熙德则成为这一肯定的核心内容。令人惊叹的是，这种内在的精神冲动是如此长久，以至于教堂的规模无法预先确定，礼拜堂在不断地建造，在追求精

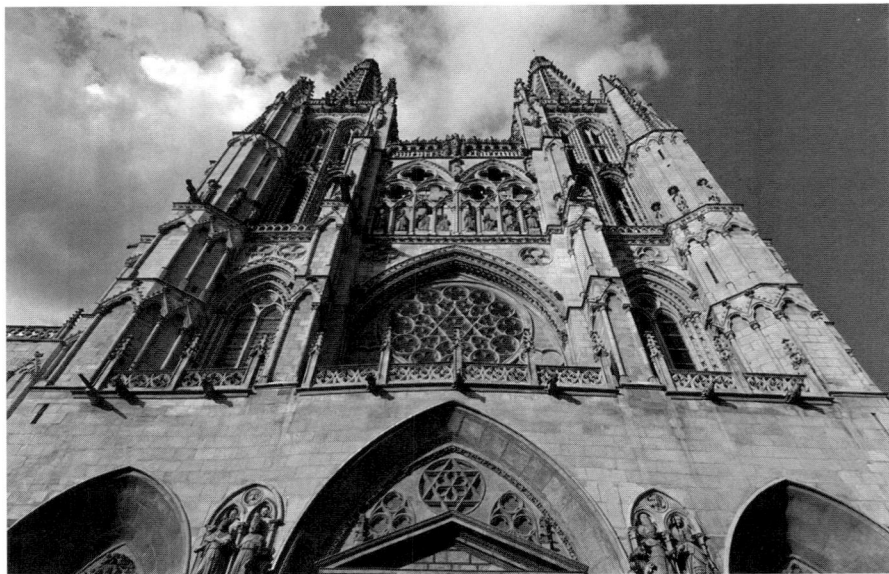

图 2-1　布尔戈斯大教堂　西班牙"光复运动"的标志性建筑，"光辉 - 圣歌 - 穹窿 - 空间"四大要素是其最重要特征，蕴含着"穹顶圣乐"的奥秘。它以纪念英雄熙德的统帅小教堂为核心，其建造过程长达三百五十年，若不是当建造者发现，再增加厅堂数量就会使统帅小教堂的中心位置不保，而中止修建活动，分礼拜堂的数量就不是目前的六十一个，而是上百个了

美的同时，强调与众不同的独创性特点。到 1567 年竣工时，整个教堂的厅堂竟然达到六十一个，其中主拜堂三十五个，礼拜堂二十六个。我想，若不是要确保安葬熙德的"统帅小教堂"在大教堂里的中心位置，也许还会继续建下去，所以，阶段性竣工对于布尔戈斯大教堂来说不是结束，而是另一崭新追求的开始。

　　人们进教堂的一瞬和出教堂的一刻，都会感觉到历史的深邃与现实的浅薄两者间的强烈对比，感到人生的旅途有了朝向，如果原先是模糊混沌的话。"光辉 - 圣歌 - 穹窿 - 空间"四大要素是布尔戈斯大教堂的重要特征，其中，穹顶与圣乐之间的关系将另文论述，在此我所关注的是东西方精神碰撞对建筑形式的影响，它决定了今后的文明格局。相对落后的西方借助"国际哥特式"的硬翅一举超越，而当时领先的阿拉伯世界自此后再无什么超越之举，文明在今后五百年的命运，从此决定。

由来自德国的建筑师约翰·德·柯罗纽（1410—1481）设计制作的镂空透光窗棂，是对经典哥特式大教堂主要依靠圆形玫瑰花窗、高大的彩绘玻璃窗采光规律的巧妙偏离，它通过旦星状的透塔式天窗间接采光，达成了一种更加柔和迷离的散射光线效果。这种手法曾经在兰斯大教堂中采用过，而在西班牙，这位擅长尖塔的德国建筑师不满足于前者的经验，又做了一系列创新改变：把镂空透雕间接采光的技术与哥特式尖塔进行结合，将伊斯兰建筑的经典样式——马蹄形券与西北欧的哥特式火焰状拱券有机融合等等。这些变革与创新形成了日后流行整个伊比利亚半岛的"穆达迦尔风格"（Mudajar style）。它可看作国际哥特式风格在伊比利亚半岛的胜利，在那个哥特式大教堂相互激烈竞争的时代，上述创新开辟了一个新纪元——国际哥特式风格，它为后来席卷欧洲的文艺复兴率先竖起方尖碑式的坐标。

　　上述过程有一点值得注意：建筑师所预设的理想采光效果能否顺利达成？这无法预料，也难以事先试验，它只能通过一条精神窄道——形而上思维与超验想象而一步到位。我想，建筑师和艺术工匠们此时更深刻地体会到柏拉图的名言："美，是难的。"

　　国际哥特式的成就刺激了伊斯兰教世界，大教堂建成八十年后，奥斯曼帝国的苏丹下令建造蓝色清真寺，它为达到神奇光线效果而采用的技术，表征出阿拉伯智慧的最后冲刺。如今看来，当时的伊斯兰文明之所以还有能力冲一下，是依仗着领先世界的天文学，而其更悠远的基础，应该是伊斯兰文明凭借地缘优势，独享古代地中海世界高度发达的星象学、天文学以及古印度数学的成就。

　　统帅小教堂的穹顶距地面五十四米，上面布满了镂空透雕手法的塔式天窗，形成了璀灿星空般的采光效果。小教堂后上方的唱诗班席是布尔戈斯大教堂中最大的，有二层共一百零三个席位，由镶嵌了黄绸木的胡桃木制成，高排座椅上刻有人像，辅以花草装饰的浮雕，内容涵盖了《圣经》的新旧约全书；低排座椅上则是神话与传说故事，象征着生命形态被教化牧养、依次上升的过程。这些精美的浮雕于西班牙文艺复兴鼎盛期的 16 世纪初（1507—1512）完成，我们从唱诗班席位的规模和空间位置，可回溯当年在这里吟咏圣乐的水平，它能演唱复调大师们的经典杰作，天使般的音调与天使的透明羽翼同构，形成"神圣空间""天国音乐""华美形象"的三位一体。也许，再没有比如此来解释信仰中的三位一体更贴切的方式了。

城 / 古堡的重生

圣多明戈 - 德拉卡尔萨达镇子上有两座国营古堡酒店，分别是由修道院和医院改建而成，两者皆受惠于圣多明戈的业迹。正是为了纪念他，人们在这个原本默默无闻的小镇上建造了一系列宏伟建筑，使之垂范史册。从公元 9 世纪以来，因大使徒雅各而派生的各种传奇故事，在被反复传颂的同时亦不断激发人们的想象力和创造力，他们从各地齐聚这里奋力工作、营造建筑，将传奇意象转变为可触摸的真实形象。

眼前已改建成古堡酒店的圣多明戈修道院始建于公元 14 世纪，在 16 世纪进行了局部改造，加入了时代特色——所谓的埃雷拉风格。它作为欧洲巴洛克的变体之一，是基督徒将整个伊比利亚从异族统治下彻底解放出来的旁证，同时也是统一的西班牙王国崛起于昔日使徒雅各"地极传道"的标志。埃雷拉风格的基础，仍来自比利牛斯山脉东麓，墨洛温王朝、加洛林王朝的文艺复兴为第一神圣罗马帝国树立了信心，相应的宏伟建筑应运而生。这种由巨大的灰白色石灰岩营造的建筑，是对地中海世界的认同、复制和弘扬，经过数百年的锤炼，它向周边强有力地扩散。到了 16 世纪，卡斯蒂利亚王国的学习者们已可以较为自如地对罗马古风、诺曼式、哥特式和文艺复兴式四者进行综合运用，虽尚有些许犹豫和生涩，但凭借旺盛气势竟能将弱点席卷带过，令人瞩目的反倒是某种勃发的英气。

值得评价的是改建的装饰思路，圣多明戈 - 德拉卡尔萨达的由医院改建的酒店显然不如由修道院改建的酒店，前者的设计师只顾风格统一而忽略了形的节奏变化以及材质的对比互映，虽然用的都是好材料、好工艺，但结果却未尽人意，酒店整体存在诸多弊病，空间拥堵、物形硬直，节奏呆板、感觉冲抵。例如，酒店大堂过道的物件的摆设，因过于拥堵而未与建筑背景发生共鸣关系，给人一种好钢没使在刀刃上的感觉。后者的设计师显然吸取了前者的经验教训，意识到原建筑的石灰岩砌体的特点，它作为一个"极素"的背景，具有超出一般想象的吸收力。作为因地制宜的对策，设计师的思路很明确：为充分调动背景墙体的表现力，减少摆件密度，增加曲线出现的机会。具体手法是，在拉长物件垂直向度尺寸的同时，增加曲线出现的比例——尤其在视觉突出部位和手可触摸部位，这样一来，建筑内部的视觉空间软化，使用空间趋向人性化，最终效果是三星级超过四星级。实际上，国营古堡酒店目前的经营思路还是偏保守，与其偏保守的装饰风格一致。它真正提升的思路，应该是后现代思路，一种以经典主义为主轴展开相应变化的后现代风格（而不是花里胡哨的后现代），否则就会因轻浮而丢失原有价值。

莱昂古堡酒店的优势，是原有的建筑空间形式，但如何将此优势与客房、公共空间、过渡空间结合起来，目前还做得不到位，给人以资源浪费的感觉。例如，庭院回廊作为博物馆陈列部分与酒店的关系就显得模糊粗糙，礼拜堂与回廊过渡空间的设计虽花费了不少心思，但还能做得更好些。如果将两层回廊及相应空间组合起来形成展览空间，深刻揭示圣马可修道院／礼拜堂的文化底蕴，以及它们与朝圣之路的历史渊源，配上多种文字，加以门票管理，参观者定会争先恐后，形成与圣伊西多罗博物馆并驾齐驱的文化效益。

总之，西班牙的古堡酒店体系还有很大的提升空间，它与资本投入的关系不属这里的讨论范畴，但在文化品位的准确定位以及创新方面，确实还有大量的事情可以做。

圣歌与建筑

一

公元 4 世纪，在君士坦丁堡的圣彼得教堂中，根据希腊教父们的代代积累，吟诵出最早的祈祷音调"拜占庭圣咏"。它的不断发展形成了一个趋于体系化的精神传统，在公元最初的几个世纪中为拒绝希腊、罗马的异教神像，构建基督教形象体系制定了规范。意义更加深远的是，它为日后在圣彼得教堂旧址上建造圣索菲亚大教堂提供了内在的精神动力。

公元 5 世纪，米兰主教安布罗斯为奥古斯丁洗礼，受洗过程中伴随宁详虔敬的圣咏，此为安布罗斯亲自创制，后世称之"安布罗斯圣咏"。它为罗马城陷落、现世帝国崩塌之后，信仰王国征服欧洲开创了新局面。今天，当我们面对米兰大教堂上竖立的无数犹如天堂号角般的壮丽尖顶时，可追溯到的最早精神渊源便是"安布罗斯圣咏"。

公元 7 世纪，格里高利亲睹圣灵白鸽驾乘光辉破窗而降，顿受启示生发灵感，遂吟出美丽音调，开创"格里高利圣咏"之先河。随后，巴西利卡式教堂内部的采光窗越来越高远，图案愈来愈复杂，光辉也更加轻盈神秘；终于有一天，它对玫瑰花窗的追求梦想成真。

公元 9 世纪，"格里高利圣咏"已传遍欧洲，甚至在一度蛮荒的中北欧也建起大批修道院，而指导这些建筑的是音乐旋律——根据"格里高利圣咏"发展出的各种变体，它埋下的灵感种子，为五百年

图 2-2 米兰大教堂尖顶是欧洲复调圣咏成长历史的物证，"建筑是凝固的音乐"在此再确切不过。从米兰大主教安布罗斯以"安布罗斯圣咏"训导奥古斯丁从摩尼信徒改宗基督信仰，到佩罗坦大师司职圣母院唱诗班而深刻影响巴黎圣母院的建筑形式，都在米兰大教堂那如鲜花绽放般的尖顶中留下痕迹，它无愧于"圣歌建筑"的典范

后的尼德兰、德意志文艺复兴奠定了充分的基础。

　　公元 11 世纪，法国摩利日修道院的修士们开始创作早期复调圣咏，它往前承接加洛林文艺复兴，向后开启由哥特式大教堂引发的法兰西文艺复兴，它们成为建造一系列哥特式大教堂的精神动力。

　　公元 13 世纪，佩罗坦与巴黎圣母院的唱诗班席一起成长，他亲眼见证唱诗班席如何成为大教堂内部空间的纵轴，不断上升的圣咏音声是如何带动枝形立柱在穹顶开出绚丽的花朵，更加神奇的是，它在屋顶之外化为雕花镂刻尖塔继续上升，直到与圣灵白鸽相遇。

　　公元 14 世纪，勃艮第公爵"好人菲利普"对艺术的热衷，孵化了尼德兰（北方）文艺复兴，音乐、绘画大师层出不穷，北方祭坛画的精美刺激了多声部复调音乐的发展，不断走向法国、意大利以及西班牙，成为构筑国际哥特式艺术风格的重要组成部分。

公元 15 世纪，西班牙人圣多明戈为拯救一名遭受诬陷的德国青年，把法官餐盘中的烤鸡变成活公鸡，并唱起圣歌。不久，各地人民纷纷来到这座发生奇迹的小镇，自发建造了圣多明戈大教堂，该城镇也由此被重新命名。

公元 15 至 16 世纪，国际哥特式的艺术风格已是鲜花遍地、灿烂夺目，复调圣乐三巨匠——帕勒斯特里纳、拉苏斯、维多利亚，为文艺复兴的精神王座嵌上了最耀眼的明珠，音乐与建筑、雕刻、绘画、文学、诗歌一道，共同支撑起后世难以企及、只能仰望的精神艺术大厦，合成了最耀眼的胜利冠冕。

二

圣多明戈大教堂中的唱诗班席位，置于教堂中央部位，这定有深刻道理。从玫瑰花窗洒下来的光线，在管风琴的银色竖管上形成一个耀眼光斑，然后飘然落下，在节律基础上均匀分布于每个座席，仿佛是为圣歌的复调声部确定身位。

我来回走动于唱诗班席位的缝隙中，从各个角度反复揣摩教堂空间与管风琴、唱诗班之间的关系，仔细观察从唱诗班席位延伸出去的柱式、肋拱、穹窿、线角，思考它们生成的原理与规则。

我敢断定，格里高利正是在白鸽驾灵光降临尘世的那一瞬，而突然咏出美妙旋律，开创了"格里高利圣咏"，这一奇迹式规律成为后世所有圣乐作曲家憧憬的典范，甚至是演练的模本。

在布尔戈斯大教堂中，圣歌与建筑的关系是以另一种形式体现的，它不是集中式而是散点式，这与大教堂的设计有关。在编号为 16 号的主礼拜堂中，数百年前曾经飘荡于唱诗班席位上空的复调圣咏，使柱体不断上升，最终支撑起有着精美透空采光的空间，建筑结构的生长形式既严密又自由，流畅的线条在结束之处挽成优雅的

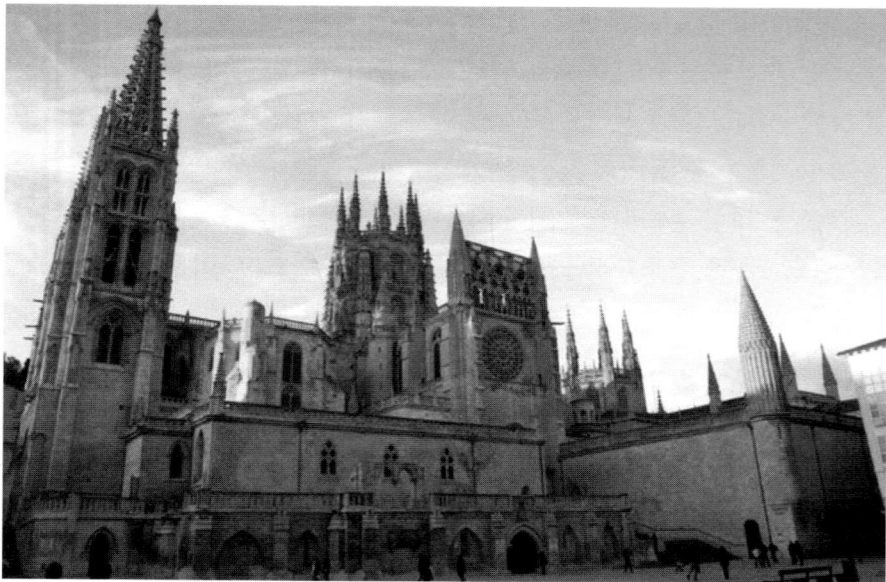

图2-3 教堂群立面造型富有纵深感的奇丽变化，对应着圣咏的丰富织体。如同西班牙复调圣咏大师托马斯·路易斯·德·维多利亚那些深沉宏伟的多声部弥撒，永远荡漾在尘世与天国之间

花结，交叉构成玫瑰与星空相互渗透的穹顶，华贵壮丽。

　　上述描写与其说是感受，倒不如说是某种规律，它说明：哥特式大教堂中每个于不同时期建造的房间（礼拜堂），都有相应的音乐设置，而音乐则反过来约定房间的空间形式——柱式、肋拱、尖拱、尖券、穹窿、雕刻、窗户、采光直到线角的形态。这是曾经在夏特尔大教堂、兰斯大教堂、巴黎圣母院大教堂里发生过的情况。

　　由于统一的空间比分散的空间更困难，因此，唱诗班席位的规模与位置会不断发生变化。将唱诗班席位设置在教堂中央是一个伟大创举，它旨在高度集中精神能量，并把穹顶、尖塔建得更高，以更加接近"上帝之城"。

　　由于受"光复运动"与十字军的刺激，以收复旧都托莱多、赢得萨罗纳会战为转折点，在西班牙本土建造前所未有的大教堂成为人民共同的理想，并且变得日益迫切。这一理想终于在西班牙王国的发源地莱昂，进行了首次尝试。

向罗马致敬并告别，标志着一个崭新时代的开始，罗马 / 西班牙圣乐伴随着新柏拉图主义的"神光流射"而穿越大教堂的空间，托举着高顶穹窿不断上升，直至完成一个新的里程碑。莫拉莱斯、维多利亚等大师也许在这里指挥过规模空前的弥撒合唱，罗马乐派的其他大师也许应邀在此尝试新作品的演唱，这些不朽的音乐虽然没有留下录音，但大教堂的唱诗席位、穹窿空间和采光尖塔，却是令人无可置疑的物证。

三

　　视角一：进入圣安德烈教堂内部细察之，除几根主要立柱是古代遗存外，其余均为后来重建，先不论建筑方面的差异，让我们把焦点对准教堂的灵魂——管风琴与唱诗班席位。它显然不是原先之物而是后来修复的，内里已呈衰颓之势。管风琴也许是原先的，但已蒙尘多年而无光彩，唱诗班席位的制作用料、油漆虽然仍在追求古风，但雕刻图案日趋粗陋这一征候，便暴露出有心无力的缺失，那种时过境迁的失落感，已不是个体性的偶然感觉，而是整个时代的特征。

　　让我们先从座椅来观察。凡外观壮丽华美的哥特式大教堂，唱诗班座椅一定是同样好看，它上面雕满天国中的形象，这些形象为尘世中不可见，它们由音禾滋养，就如同牡蛎贝壳滋养雅各一样。但 17 世纪以降，世俗化浪潮借助巴洛克风格漫衍所有建筑，文艺复兴回归古希腊的质朴庄严风格被冲击，新起的风格因小失大，除极少数有留存价值外，其他均飘浮为泡沫。19 世纪以来，人们厌烦于洛可可之烦琐，尽量回归质朴，但原有美感并非能轻易失而复得。最为重要的是，音乐走入音乐厅和剧场，圣乐萎缩颓顿，唱诗座椅上的造型动力被釜底抽薪，尽失内在心像的源头，人们只能凑合弄好，美丽生动的天使歌咏形象一去不返，只剩单调贫乏形式空对穹顶。

视角二：幸运的是，上条分析随即获得验证。次日中午在圣安德烈教堂举行了弥撒，我所关注的唱诗班席位问题立刻得到答案，它被改变为群众歌咏的场所！当地男女随意站在座位前（而不是像传统那样对号入座），按管风琴的节奏进行演唱。且不论这样做在凝聚信众方面的利弊得失，就声音本体而言实为倒退，圣乐"天使之声"所开创的天堂之路为俗众的混声合唱阻塞。

光辉的中心在衰减，原先被忽略的光照边缘此时突显。它是教堂精神生活与街市世俗生活的衔接部位，就像绘画中的明暗交界线，最具活力。当明暗交界线的合理观察角度正好与一群中老年妇女侧面形象叠合时，我们发现，她们朝向圣坛的基本形，其渊源来自雕刻、绘画与音乐。关于这一点，反证也许比正面论证更加有力：将她们与欧洲以外国家的老年妇女比较，就可领悟所有的道理。神学美学默默指导着世俗生活，尤其是在仪态举止装束等方面，毕竟有圣母玛利亚在前上方，它已存在了超过一千年。因此，当雕塑家布德尔在浮雕《舞蹈》中凭本能刻划出面向旋律光辉中心的侧面人像时，他靠的不是写生而是记忆——欧洲历经数十代人而积淀的形象记忆。

视角三：圣多明戈大教堂唱诗班席位，是努力追法兰西哥特式大教堂中唱诗班席位的结果。每个席位背板上都雕刻着人物，从其造型和线条走向来看，皆以天国中的形象为摹本，它的作用究竟是什么呢？应该是提示歌手正确的精神动姿，这点做到位了其他所有一切便迎刃而解，声音、曲调、旋律、声部以及整体效果，就都会达到完美。

视角四：卡斯特罗·赫里斯，这场举办在教堂中的音乐会，体现出歌唱专业的传承，是当今社会音乐生活沟通古典的主要方式。它的边界划定在歌剧咏叹调／艺术歌曲与清唱剧／圣歌的中间地带，与教堂空间并无本质联系，如果说有关的话，在于纯粹声学的功能意义方面，即女歌唱演员能否不用话筒而将声音传播到每个角落。

　　视角五：本笃会小教堂内弥撒，光辉集中在管风琴那里。首席演奏师的时代早已过去，只有一位老年修女客串弹奏。她的身形如此矮小，不得不费点劲才能爬上座椅，但一旦坐稳后忽然变得完美，因为，下垂的黑色长袍与高高的座椅连为一体，一帕洁白方巾包裹额头显出耀眼光亮，它与管风琴金属管上的光斑衔接，勾勒出圣灵白鸽降临的原初性图景。随着管风琴音流对空间的震荡，我仿佛看到历史情景重现：罗马圣彼德大教堂首席管风琴师弗雷斯科巴尔迪端坐琴前闭目沉思；吕贝克教堂首席管风琴师布克斯泰乌德准备弹奏时全场屏息；圣多马教堂首席管风琴师 J. S. 巴赫满怀信心地作曲演奏；圣叙尔皮斯教堂首席管风琴师玛丽亚·维多尔弹奏《第五交响曲》时的悲壮氛围。伟大时代虽一去不返，但其被历史岁月浸透的根蔓深长，因此在西班牙无名小镇的本笃会管风琴前，在一个行将就木的老年修女的演奏中，我们竟能感受奇迹再次上演：音乐拔除死亡毒刺的力量。

　　视角六：莱昂的圣马可修道院内包含一座空间宏伟的教堂，其唱诗班席位设置独特，竟然是在空中二层！这种对竖向空间的侵入占据，是拜占庭式教堂常采用的方式，此地出现表征了圣乐在欧洲大陆东西两端的传播速度要远远大于南北两端，这仍然与使徒时代的传道有关，也与朝圣之路有关，这些线路自古以来就是呈东西方向展开与编织的。

　　细看唱诗班席位，雕刻得如法国哥特式大教堂中那般美丽，使徒、圣徒、天使的形象与座椅水乳交融，和谐一体，完全能从线条形体反推出美妙的和声与天使般的歌唱。此外，席位的众多数量可推测出当年歌咏队的形制与规模，直至推测出圣乐的发展水平。

波拉嘎萨比

　　我这次西班牙之行的写作结局极富戏剧性。可能大家没有想到——所有成果瞬间丢失！当我们从圣地亚哥乘火车于24日早晨回到马德里，出站为安全快速起见便打了一辆出租，二十分钟后抵达住处，这本来是顺利的旅程，但就在付完车费去后备厢取行李时，车突然启动开跑了！我们连呼带追就差一点，当时想这人是否疯啦？但这小子就是在光天化日之下跑了！以下便陷入枯燥的寻觅程序：去警察局报案，冗长的笔录，到车站出租车点打听寻访，等等。朋友卢西奥闻讯从托莱多驾车过来帮忙，我们又一起去了车站警察所、市政局、出租车失物认领处等地，皆一无所获。事情相当荒诞，使我不由得想起十一年前在马德里遭摩洛哥人抢劫，这次是另一种形式的抢劫，两次抢劫形式不同但性质一样，且都发生在马德里，令人有命运冥冥作祟的感觉。

　　因此，我想到了巴别塔的启示，语言的分割栽下了文化藩篱，暗示文化在某种意义上是无法交流的。一个人可以在神的指引下借助精神跨越时间与空间，在陌生的环境中找到"归家"的感觉，没想到的是"肉身"却被无情阻挡。这事只不过借一名坏出租车司机的形式，再次以严酷的生存现实挑战"精神与肉身的整合与分离"命题。这一古老命题在时间的更新中不断被颠覆，既留下了茫然，也留下了新的思考的可能。

　　原来打算依据在西班牙拍摄的照片办一系列学术讲座，现在原始资料丢失，如何变通呢？夜里一直琢磨，直至平静入睡。上午正在做功课时，卢西奥带来好消息，他在市政失物招领处找到了丢失的背包！我顿时释然，但未有任何激动。检查后发现背包已被那司机彻底检查过，值钱财物都拿走，幸好我最珍贵的证书、旅行手册、数码相机记忆卡还在。

从生命的价值系统来考虑，这一起伏过程是个体磨砺的另一种形式，在保护自身安全的前提下，磨砺的深度约等于心灵成长基础的厚度。它似乎映照出轴心时代的古老智慧："塞翁失马，焉知非福""失去的，必得到""舍者，得也""流泪的播种才迎来收获的欢呼"。

中午与朋友们共进午餐，大家举杯平静地说"波拉嘎萨比"！然后随卢西奥驾车赴托莱多，夕阳穿透车窗照耀身上毫无灼热，整个车里溢漫着《阿兰胡埃斯协奏曲》旋律伴奏下的美声演唱，那动人的歌词勾摄魂魄："阿兰胡埃斯，充满梦幻与爱情的地方，泉水与玫瑰的永恒回忆。站在清澈溪流里的岩石上遥望，爱在落日余晖中藏匿……"此时，我的心灵早已远离世俗生活的所有不悦，而返回艺术的怀抱，回到写这首不朽之曲的更深的源泉之中，堂吉诃德和桑乔出发前的托莱多，由西班牙最华美瑰丽的唱诗班席所表征的托莱多，与佛罗伦萨、罗马、威尼斯光芒互为映照的托莱多。

上帝之城与游吟诗人

　　个体生命在时空中移动的每一刻，都在发生悲剧，因为有价值的东西每分每秒都在逝去，这一悄然发生的悲剧，也许没有人比梅特林克领悟得更深刻了。

　　我敢断定，自有人类以来就会感受到上述悲剧感，游吟诗人将这种感受整理、汇集、酝酿，然后以诗意的语言和音调将它吟咏出来。荷马是第一个伟大的游吟诗人，但读懂他诗中真正内涵的人少之又少，否则T. S.艾略特就不用苦心写作诠释荷马史诗的文章了。

　　一般情形下，游吟诗人的吟咏在外人看来并无太大意义，或是过于敏感，或是自作多情。唯有心者知晓其价值意义，他们的诗意咏叹指向一个心灵皈依处所，就如同教堂的柱体墙壁汇集朝向瑰丽的穹顶。游吟诗人们虽孑然一身、远离故乡，但心中有驿站、有目的地、有清晰的家，它就是灵魂的家园。

　　《因斯布鲁克，我不得不告别你》是游吟之歌的代表，诗人离开可爱的家乡，告别了那里的森林、湖泊、草坪和族人，前往异邦游走，甚至永远也不回故地，有没有问过为什么？是什么事物有如此强烈的吸引力，驱动他这般苦行？我们知道，历史上个人的行走漫游比较少见，多数是民族迁徙，如北方草原民族的定期迁徙，由逐水草而生的习性所致，受草原民族驱迫而造成欧洲各民族的迁徙，属于生存圈的周期性变化，吉卜赛人的迁徙是天生的民族习性，而犹太人的迁徙则是因国破家亡，等等。实际上，没有任何一个民族愿意放弃自己祖祖辈辈繁衍栖息的故地而瞎跑乱撞，这是要付出惨

图 2-4　圣雅各的象征物——贝壳　这一马赛克铺地图样式立刻使人联想到佩拉古城，从遥远的希腊北部山区到西欧大地，物质文化的转移与使徒传道壮举相叠合，化为一个古老的海洋生物符号提示人们：传道者乃是天下第一旅人，他们是所有游吟诗人的榜样，甚至第一桂冠诗人维吉尔亦如此

重代价的，古代人深刻明白这一点。

　　对于中世纪的游吟诗人而言——他们同时也是"朝圣者"——圣地亚哥大教堂是毫无争议的第一心灵家园，而沿途的所有教堂——不论是古朴的罗马式教堂还是华丽的哥特式教堂，皆是守卫它的灵魂驿站。

　　游吟诗人的极致代表是但丁，他仅凭一部《神曲》而获得了最崇高的评价：

　　　　但丁被从故乡逐出，离开了家园，但他却获得了世界。

　　的确，再没有人能像但丁那样如此清晰地见到上帝之城的景象，他对其进行的细致描述，令最伟大的艺术家也只能感叹。

不论是但丁还是由他引导的音乐家、雕刻家、画家，他们都是行往"上帝之城"的旅人，而第一旅人则是传道者——使徒彼得、雅各、保罗、约翰、多马、马太……他们是所有游吟诗人的精神榜样，尽管但丁在《神曲》中冷引导者的桂冠给了诗人维言尔。

古城托莱多

晚七点半到达托莱多，诗意悄然降临。微风抚慰着身心，覆盖草坪的金光之纱与被光照耀的事物糅为一体，成就了天堂对于大地的投影。城在风的托举之下缓缓上升，天空的云彩散淡飘逸，似乎在不经意地戏说历史。阳光退尽后的托莱多，显出黄灰色砂岩的本色，它们与法兰西的灰白色调拉开距离而与罗马的色调相依偎，构成了古代拉丁世界的两翼。

托莱多古堡酒店是一座经翻建装饰的罗马修道院式建筑，几何形的规制，暖调的石块与罗马砌体组合。阳台上可俯瞰整个托莱多，被大加士河的蓝色河水所环绕的丰满的古城，它使我们想起当年塞万提斯掩卷站在此地眺望远处，心中涌荡着从熙德到罗兰的中世纪骑士精神，以及对它们衰落的感叹，传世名著从胸中呼之欲出。

夜幕降临，神秘街灯引导我游逛托莱多。十多年前曾仔细看过的古城没有变化，因为大教堂千年未变。我想起前两次来这里所写游记，那种面对永恒之物而激起的心灵颤动，差异如此之大，生命在最具灵感时用梦中语言写的诗可以千变万化，但它自身却坚如磐石，未有丝毫改变。

在托莱多必须要深入每一个空间才能体悟到其历史岁月的丰厚。全城面积不大，却有数十座教堂城堡和四十余个会堂，以及上百家由老宅改建的餐厅。我来到一家特色餐厅，它以当地有影响的会堂神父阿巴蒂亚的名字来命名，主餐厅是由中世纪地窖改建而成，里

图 2-5　夜抵托莱多古堡酒店，酒店在神秘灯光映耀下显出古朴而幽雅的形廓，从阳台上可全景俯瞰整个古城风貌。也许当年塞万提斯掩卷站立在此地眺望远处，堂吉诃德从家乡阿尔卡拉一路走来，目睹中世纪骑士精神的变异从加利西亚海岸线上消失

面空间奇特，完全是另一个世界，明亮的造型灯将罗马砌体的美质充分显示出来。"那曼恰"葡萄酒是托莱多人所钟爱，口感充分而甘醇，能品出杂陈百味，就像托莱多古城本身。

　　1492 年，在塞万提斯出生前半个世纪，最后一代摩尔王朝的君主穆罕默德十二世，面对卡斯蒂利亚王国兵临城下的大军不得不投降，并含泪从格拉纳达出走；然而，那块著名的"摩尔王的泪石"却被安放在托莱多，它由阿方索六世于 1085 年从异族手中夺取，其中意味深长。它作为与一段斑斓复杂历史相关的铭文，已渗透在托莱多古老建筑的每一个细节中，皆有迹可循。

托莱多大教堂

　　回国前最后一天拜谒托莱多大教堂，是上天特意的安排，令我无比深刻地感受到何为伟大的精神空间。仅仅是一堵墙，便能如此鲜明区别出神圣与世俗。墙外是狭小的尘世空间，人群密集、摩肩接踵。它的奥秘究竟在哪里呢？大教堂唱诗班席美轮美奂，极尽雕琢精工之能事，它的外围柱体模仿圣马可教堂和圣索菲亚大教堂的用材，那些大理石都采集自有名的地方，或从神庙、殿宇中拆除下

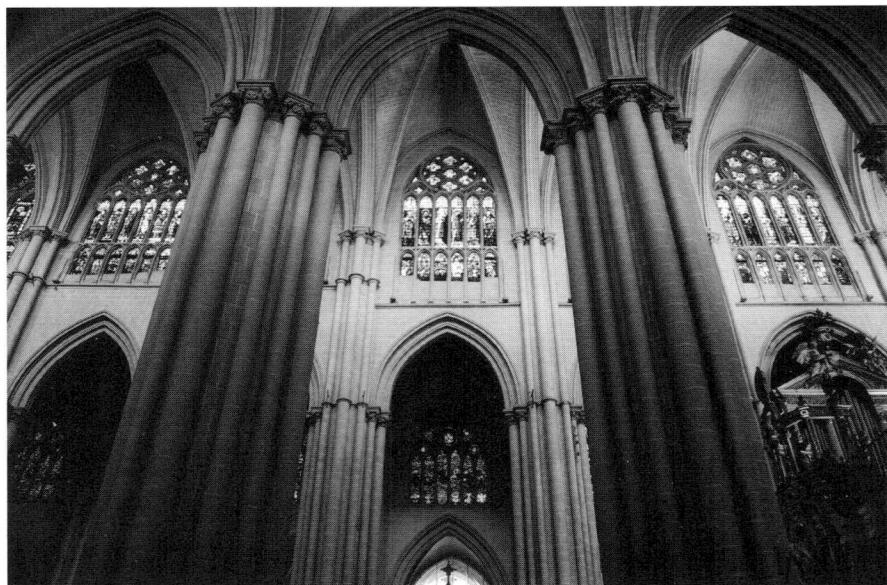

图2-6　托莱多大教堂内的唱诗班座席美仑美奂，极尽精雕细工之能事，集束柱式的尖拱形和彩色玻璃窗之间形成洋溢崇高之美的绝妙对比。下面则是前往"时间之门"的通道，象征现世与永恒两界的截然分开

来再加工设计而成。我敢断定，主设计师一定去过圣索菲亚大教堂用心观摩过所有的细节，他在内心曾经历过如翻江倒海般剧烈的震荡，曾将脑子洗尽腾空，只盛纳那些美丽的事物。唱诗班指挥席的设计绝无仅有，它旨在肯定托莱多大教堂作为西班牙第一教堂的崇高地位。

大教堂左上角有一个深蓝色礼拜堂，每年的圣灵节即春季的第一个星期天，在这里上演纯粹的拉丁式弥撒，平时则关闭无人。我隔着造型优美的铁栅栏望着古风盎然的礼拜堂，在漫漫天光照射下千年不变，时间在这里发生逆转，世间的一年相当于教堂的一天。在这里流变的时间蓦然凝固了，只留下一道缝隙让世人观看。

这里还有许多特别景观，大教堂的"时间之门"就是一个绝妙设计，大门立面上有一座时钟，跨越这座门只需两步，却使两个世界截然分开。更有意思的是这座门可自由进出而无须购门票，它楔入教堂里约四十平方米，可让所有想要祈祷的人不论何时均可进入教堂。这种管理方面的构思是教堂对人的终极意义所在。瞬间与永恒的对立是生命意识的悲剧，以教堂的时间为轴，告诉我们古人如何诠释世俗、神圣的意义与价值，这是现代人无法忽视的。

灵魂交易所与格列柯博物馆

　　这是一座具有浓郁卡斯蒂利亚农村风格的大宅院，曾被起名为"灵魂交易所"。庭院的风格很奇异，在我看来并非"交易"的原因，而是"融合"的结果。从风格学来判断，这座托莱多城外的建筑是在古罗马地主庄园格局中融入了伊斯兰住宅情调，宽大的檐廊式门斗，厚重木门之后是一个阔绰的过厅，里面是敞开式庭院。环绕式窄檐廊的上面是小巧玲珑的二层，它们由粗大的木梁檩构造，下面的支撑柱体竟然是石柱！抚摸着它那粗糙而顺滑的石灰岩质地，微妙的收分形一寸一寸地渗入我的心，它所呈现出的"多立克柱式"伟大雏形，勾画出爱琴海的理念如何跨越数千公里而化为卡斯蒂利亚宅院中的构件，其传递的媒介是并不创造艺术的罗马帝国。

　　庭院中央喷泉的水体缠绵，边上两三株精心设置的高大乔木，盘绕着攀缘藤本植物，一直延伸到回廊四周，使人感受到身体与心理上的遮阴降温功能。在这里，我们能看到一条罗马庄园式居住风格演变为伊斯兰式素静庭院韵味的线路，所不同的是又加上了伊比利亚中部浓郁的田野气息，进而打造出一种朴实的、手工的、砖瓦石的、具有强烈皮革气味的生活情调。它是堂吉诃德的梦想发酵之地，一种源发自罗马、酝酿在法兰西、成长于西班牙、横贯于整个拉丁世界的狂想式骑士精神，在"灵魂交易所"檐廊阁楼上那尊堂吉诃德雕像便是绝妙的注释。探讨这种精神的渊源，是自从塞万提斯以来所有具有浪漫主义情怀者的宿命，它最早的母体应是荷马史诗、阿喀琉斯、奥德修斯，维吉尔的埃涅阿斯，亚历山大、汉尼拔、恺撒……这种精神在 16 世纪的西班牙形成了一个特殊的变体，它就是埃尔·格列柯的绘画。

格列柯家居博物馆是一个将罗马式、摩尔式、拜占庭式三种风格融为一体的、正在成长的托莱多风格。埃尔·格列柯把拜占庭硬直造型，通过克里特岛米诺斯壁画的抒情浪漫而变为西班牙式的精神梦幻，在他看来，使徒就是骑士们的最早生命摹本，因此，超长身材、瘦骨嶙峋、深邃眼瞳、飘然袖袍，成为他描绘使徒形象的固定模式，它深刻影响了塞万提斯。这是一个由形象悄悄讲出的秘密，它虽然曾在漫长的历史中迷失，但艺术之眼能够一下将其穿透并重新寻回。格列柯的墓志铭上如是写道："他用笔给木头以灵魂，给画布以生命。"我们还应加上一句：给塞万提斯以写作灵感，赋予堂吉诃德以骑士形体。

埃尔·格列柯故居

　　这里曾栖息着一颗不安的灵魂，牵系着古代地中海世界的每一波精神脉动，从东到西的时空跨越，从原初的浪漫到圣事之悲情，从公元前 2400 年到公元 1453 年。他来自遥远的克里特岛，以凌厉的笔锋描绘出一幅幅弥漫着无限明暗转换的精神图景，神奇地捕捉那闪烁于永恒时空中的奥秘，而这所有一切的秘密呵，皆藏在托莱多的埃尔·格列柯故居之中，随着沙漏的悄然移动而向世人吐露。

图 2-7　埃尔·格列柯自画像　这是一颗不安的灵魂的面相写照，他来自遥远的克里特岛，那神秘的米诺斯王朝迷宫，铸就了他对于无限转换的明暗的把握能力，精心描绘出从原初的浪漫到圣事之悲情，所有的秘密都隐藏在格列柯故居长案上的那个古铜色的沙漏之中

　　一个阳光炽烈的下午，我一边寻觅珍贵的浓荫落足，一边循着宽阔的青色石板拾级而上，阶梯两侧矗立着来自希腊遗址的石柱，在斑驳古风的拥围下，心灵享受着十二分的满足，如同三年前行走在以弗所的圆形剧场通往图书馆纪念碑的石阶大道上。转过几个被阳光分割的拐角，幽深的室内光与刺目的室外光合成一个奇异的光的国度，它跨越了使徒传道时期的阴霾直达《米兰敕令》年代的晨曦，诺曼式教堂的半圆形龛空间与伊斯兰式的

庭院空间的有机结合，令人数度在迷醉与怅惘之间徘徊。埃尔·格列柯故居内的主厅格局为罗马式，平面半圆形加立体圆拱，弧形壁面上设有一座拜占庭风格的对景，两根莨苕叶罗马立柱撑起一高大的拱形穹顶，对面五级台阶上立一影壁，上面悬挂着画家的名作《第五封印》。充满神秘光照的画幅中，一位身穿华服的削瘦青年正在向观众展示一幅发黄的卷轴，当他纤细的手指即将翻开奥秘书页时，电闪雷鸣，奇迹之光划破云霄遍地闪耀。

我不得不赞叹画家的奇特视野，它引领观众处于飘荡于半空中的方位，多焦点、跨时空地显示每一处神秘景观，这是但丁式信仰视域的东方版本，以强烈的艺术语言完成了一桩不可思议事项：在属灵的本源性层面上，将两个同宗但对立的信仰有机地联系起来。

在残酷现实中，东方与西方基督信仰自从1204年以来就势如水火，大天使迈克尔从天而降的身姿因此而憔悴，但埃尔·格列柯却以绘画中的神圣光辉再度弥合了尘世的裂痕。

继续前行是一座宽敞的长廊，两侧墙壁上悬挂着格列柯尚未完成的十二使徒画像，我立刻想起托莱多大教堂圣器室内他所作的十二使徒画像，两者并列勾勒出一条鲜明的心灵轨迹：使徒形象是如何从画家脑海中生成，然后通过物质材料而化作血肉形象的。此时此刻我终于有机会零距离观察格列柯驾驭材料的才能，那迅疾似电光石火般的扫涂笔法，在衣袍上留下鲜明的色彩——橘黄、橘红、鲜绿、天蓝，一俟干透后再用蜂蜡调和透明的深色系列罩染之，便呈显出那如同闪电状的皱褶。它们就像梦幻的彩虹，托举众灵升腾于夜空之中。贴近画面细察，使徒们肌体的色彩均呈苍白失血状，骨骼嶙峋、神情冷峻，他们是格列柯沉缅于灵魂出壳状态而不能自拔的写照，这种高度精神化了的人形，与现实中的人物形象关系不大。从创造心理学和图像学角度探究，他们的来源是拜占庭圣像画中的那些高挑肃立的圣人，区别在于：格列柯赋予他们以鲜活的肉身，圣多马不相信主死而复活而去触摸伤口时所显现的肉身，第二次临世之"道化肉身"。

此时我想起昨晚在托莱多看到塞万提斯铸铜像时的情景，阿方索六世朝向城门外的旷野望去，似乎正目送着堂吉诃德先生和仆人桑乔双双乘骑出行的背影。出乎人们意料的是，埃尔·格列柯创造的使徒形象恰好为唐吉诃德所向往的骑士精神给出了原初性的背景，我们从这一视角看到了历史时间的严峻线条：从使徒到骑士到唐吉诃德，历时一千五百年所画出的精神曲线，在刚刚跨入 17 世纪时便突然断裂，崩塌的碎片由托莱多这个古老的信仰之都独自承受，就像托莱多大主教奥西乌斯于公元 325 年承担尼西亚会议的全部重压一样。在压力的两端，人们看到的是两种截然不同的精神趋向，尽管画家埃尔·格列柯与作家塞万提斯共同生活于同一年代与同一城市。后者依靠在现实生活中的丰富阅历而预到感骑士精神的全面崩溃，而前者却凭借超常想象力创造出了骑士的原型——历代的圣徒与国王，尤其是耶稣受难后五十年的使徒群像。他们唯有在托莱多这座城市里才能复活，从一个古老而卓绝的梦中死而复活！作家与画家在冥冥中正在进行一场精神决绝的对话，有如罗马巡抚彼拉多与耶稣之间的对话：彼拉多问耶稣"什么是真理？"，耶稣沉默后答道"什么是事实？"。世间之事，总有结束时刻。

长廊结束处的方厅内陈列的数十幅作品，便是世事结束的典例。它们都是埃尔·格列柯的学生或追随者的画作，从画面经营的痕迹中可看出作者都曾极尽匠心，但仔细一看却令人不忍卒读，如果说形、色还有若干模仿老师用心的话，那么魂魄早已消散，而徒具绘画的外壳。这些画作只能证明人类的渺小，仅仅数十年，曾达到过的辉煌瞬间沦落，逐渐泯灭的余晖中凸显出一个无情现实：高贵的精神在尘世间永远是脆弱的。埃尔·格列柯弟子们的作品，恰好为塞万提斯的小说做了具有现代反讽意味的注脚。

杂感与断想

一

乌云蔽日，托显出一幢平凡民居的苍白色调。这种苍白平时或隐藏于城镇斑驳杂离的色彩里，或被遮蔽在阳光阴晴转换之中。它只在非凡时刻显露。在我眼中，这苍白就像刚陷爱河中的少女脸庞，因彻夜失眠而显出楚楚动人的苍白。若以风景类比，则如法国画家郁特里罗所刻画的巴黎郊区景色，从古旧路面和斑驳墙壁中，流淌出底层社会的失望和忧伤，流浪艺人的小提琴、街头老人的手摇风琴，无限缠绵绯恻的旋律，传递挠心的哀怨情调。试问此时此刻，拯救之手在何方？这卑微陋巷中的白色矮墙，如一封永远没有发出的情书，沉寂了无数时光，仿佛要到干卉流泪、枯枝抽芽、神的奇迹显灵方才成为"卑微者的财富"吗？于是，人们踏上圣地亚哥朝圣路。

二

在高不可攀的墙垛上有三个鸟巢，鹳鸟妈妈在重述古老的故事——曾经在安徒生童话中打动无数虔诚灵魂的故事，一个为别人的幸福而愿意献出自己生命的故事。我长久地注视着鸟巢，目送它被夕阳涂上金色，似纯金冠冕般璀璨，然后慢慢褪去，最后终于沉迷在尘世大地的苍茫之中。

三

就教堂的筑体语言来看，新建的和原来的必有差异，这不仅仅体现在石块的新旧方面，更重要的是体现为对石头自身生命感的把握，以及在砌造过程中能否将这些生动的细节留存在筑体语言之中，这一点常常因岁月磨蚀而很难被觉察。我们常常赞叹古代建筑的品位，实际上有很大一部分是由细节来体现的，那种不可言说的凹凸、衔接、勾缝、线角等综合构成，因为古人对石头的稔熟就像对自己身体的了解，无须借助理性工具就能恰好拿捏到位。现代人则丧失了这些能力，这些奥秘唯具有一流艺术之眼者方能彻底洞穿。

四

清新空气和饱满色彩，为杂驳的灰色调留出显示魅力的宽阔空间。它的忧郁是短暂的，哪怕是历史上长达八百年的民族／信仰战争，也没有使流离失所的人绝望，相反诞生了弗拉门戈舞这种随着响板节奏而旋转腾跃的泣血之舞，以及斗牛士的浴血剑锋之姿。人们坚信明媚阳光终会驱散阴沉乌云，生命之流将摧枯拉朽、一往无前，这就是西班牙的迷人之处。

五

两只鸽子相互偎依，后面是一断臂圣人，灰白杂驳的岩石质地，使他显得奇异，好像痛苦痉挛已达无以复加，而鸽子却浑然不觉，舔啄羽毛、整理自身，因为它刚从天上下来，怎么可能知道尘世的事情呢？真是一幅天然的超现实画面！

六

主教宫前有三尊亭亭玉立的天使像，我从未见过体量这般硕大的青铜塑像！细察之，塑造手法精准、充分、细腻，令天使们的肉身重量亲手可约，但你又会坚信她们是从天国飞临大地的，起到这种蒙蔽视觉作用的关键因素是"形"。形的力量使人相信理性不认可的事物，与理想境界的事物通达，正是在这一瞬间，梦与幻想闪烁出耀眼光辉。

七

在圣地亚哥住一旧式宾馆，早晨下一阵急雨之后打开天窗，阴霾中见城市本真图景。罗马式屋顶上圣地亚哥古城的天际轮廓线，就像经过犀利刀法的雕刻，尽显精准、凝练、内敛、浑厚的品质，且与近前的屋顶同构。略带收分形的半圆筒瓦排列严整，中间缝隙用罗马式水泥抹实，形成异常牢固的砌体。我轻轻抚摸那积蕴苔藓的驳杂表面，不由得感叹：它大概是人类文明唯一能跨越千年以上的建筑砌体。

奇迹与显灵

进入圣多明戈 - 德拉卡尔萨达，一座不到七千人的小镇，就立刻会被城中心的圣多明戈大教堂所吸引。教堂的体量异乎寻常地巨大，明显与镇上的人口不相称。它使我想起类似例子——法国的夏特尔大教堂，关于它的故事则具有传奇色彩。

夏特尔大教堂所在地夏特尔镇的人口也不多，当人们决定在这里建一座大教堂，以纪念几十年前此地发生的圣母显灵事迹时，小镇上很快便聚满了来自法国各地的人，他们不论贫富，都带来自己的贡献：贵族们供奉大段石料，工匠们带来锤凿和技术，穷人们则献出自己的气力。几年后，大教堂被奇迹般地建成了，人们随即散去，镇上又恢复了以往的平静，只有高耸入云的大教堂巍然屹立于原野上，在地平线上向路人发出永恒召唤。一百多年后，大教堂遭雷电击毁，立刻，小镇上又聚满建设的人们，小镇上的每一天都是在铁锤凿刀的击打声中度过的。当教堂重建完毕后，人们随即散去，小镇又归平静。据史载，这种事发生过三次。

重要的是，发生在法国小镇夏特尔的奇迹，在西班牙的圣多明戈 - 德拉卡尔萨达再次上演，二者的内在结构相仿，外部条件类似，结果也基本一致。历史之眼使我们洞穿外表形式而攫取其真髓。自公元以来，属于天授神意的奇迹就是基督徒特别强调的事情，最初的母题源自《圣经》中耶稣的显灵神迹，如"捕鱼神迹""化水为酒""死而复活"等。使徒雅各在耶路撒冷殉道之后，在使徒传道时期——公元 1 世纪下半叶那黑暗而血腥的年代，给予基督徒们勇气与力量的，是关于圣人显灵的故事，它承续了《圣经》中关于耶稣显灵奇迹的衣钵，成为信徒们持守信仰的主要精神支柱。

圣多明戈是西班牙历史口具有典型意义的传奇圣人。他原本是一个年轻的牧羊人，1044 年在奥哈河上修建了一座质量最好的桥梁，然后又建造了圣玛利亚礼拜堂、一所医院和一座供朝圣者们住宿的旅店。他最为著名的事迹是为拯救一位无辜德国青年的性命而显灵，把法官餐盘中的鸡肉变成了一只活的公鸡，并且高声唱起圣歌。传奇创造者没有让鸡肉变成天使，而只是"会唱圣歌的公鸡"，它具备天使的功能却仍是卡斯蒂利亚 - 莱昂地区农村的产物，这种巧妙的意象转换，把两件相距十个世纪的事情联系起来，9 世纪天使的圣歌引导人们发现使徒雅各的遗骨，11 世纪会唱圣歌的公鸡挽救了无辜者的生命，圣歌穿越了世俗时空而向人们彰显天国的奇迹。

于是，从"奇迹"到"显灵"，成为贯穿于朝圣之路的一条主干线索，也成为基督教欧洲本土化过程的关键环节。当第一代使徒遵循耶稣的教导，将福音从巴勒斯坦地区传往遥远的欧洲蛮荒之域时，就开始了信仰的本土化历程。随着假托狄奥尼修斯写成《天国阶层》，一个以大使徒雅各为榜样的圣人队列出现了，他们是当地人民所信赖的保护神，也就是说他们能深入了解人民的疾苦与之共同担当苦难、分享欢乐，不论在何时何地。更加重要的是，在弱者蒙受不白之冤时，圣人们能挺身而出，以奇迹、显灵的方式帮助陷于绝望中的可怜人，由此赢得人民的崇敬与热爱。

如今，我们也许无法推测出当年人们的情感世界究竟怎样波澜起伏，但从那些宏伟壮丽的教堂建筑中，从那些精心雕琢的人物形象中，可强烈感受到人们对圣人的崇拜，经过岁月的洗练，这种情感已净化为对某种高贵价值的维护姿态而世代流传下去。

我缓缓地在圣多明戈大教堂中梭巡，只见镀金铁围栏中圣多明戈的大理石棺被烛光映照得耀眼夺目，中心部位甚至呈现透明。艺术家们为了达成"美是光辉灿烂"的理念，棺椁特意选用来自马尔马拉的雪花大理石制作，西方的神学美学正是在这种全身心投入的精神动姿中稳步前进，为文艺复兴的辉煌默默构建着基础。

人与圣雅各之路

　　毫无疑问，具有血肉的人构成了圣雅各之路。从 9 世纪隐修士贝拉基发现雅各的坟墓，到 2011 年的一千二百年间，约有四十代人，他们从欧洲各地来到这里，开辟道路、建造教堂、构筑居所、举家移民。正是这些人形成了对这条朝圣之路的"肉身见证"。一千二百年的漫长岁月，我们无法知道他们当年究竟是怎样的精神状态，是如何度过他们的人生的，我们只知道他们的信仰代代相传、朝圣道路日臻成熟，正所谓生命之树常青。

　　但是，疑惑仍然存在：相比过去，西班牙人的民族气质究竟变成怎样？其中有无断裂？如果没有，西班牙文艺复兴时期的艺术成就——建筑、音乐、雕刻、绘画水平为何再不能达到？今天，人们以那首脍炙人口的《阿兰胡埃斯协奏曲》作为西班牙民族气质的标牌性解释，但它至多将人们引回到 19 世纪，尚无力连续起那已被撕裂的历史韧带。四十代人呵，虽然代代血脉相传，信仰未曾改变，但不可弥合的断裂已然生成，他们突然不会了，失忆了，那些浪漫的想象力和完美的艺术才能陡然遗失，只要看一看大教堂和唱诗班席，便会明白我所说的一切。

　　问题是，原先细小裂隙是怎样产生的？或者最初的致命病灶在哪里呢？人心不能复原如何能看透？但毕竟痕迹留下，只是人们什么也看不见，这令人迷惑之际恰恰是学者型艺术家出场的时刻，他们提供了一种直观的方式，使我们能还原出那已逝去岁月中发生的灵肉之谜。这里主要有两个切入点。其一，大教堂中的音乐生活。

图 2-8　人们或斜躺或倚坐于朝圣者之家门前，在放松疲乏身体的同时享受着阳光的沐浴。伴随着朝圣者们的信仰代代相传，朝圣道路日臻成熟

我们通过唱诗班席位形式美的程度，可勾画出当时人通过圣事艺术而达到的精神境界。莱昂、圣地亚哥、托莱多的大教堂唱诗班席，一个比一个美丽，它们之间肯定存在激烈的竞争，谁都希望通过天使般的歌唱而更靠近天国。这时，对人们心灵产生笼罩性影响的是普罗提诺的神学美学、假托狄奥尼修斯的《天国阶层》、但丁的《神曲》、杜乔的《圣母子荣登圣座》、弗朗西斯卡的《真十字架传奇》等伟大作品，它们从各个角度整理了圣事艺术的秩序，使其成为一个完美的形象，就像阿波罗、维纳斯的形体，每一个部分都是由神亲自钦定的，分毫不差。于是，音声与形象——复调圣乐与唱诗班坐席之间生发出共同语言，它来自人抬首仰望的上方，具有引领、提携心灵的强大能量。这种源出于天国的心灵秩序和美学体系，便是圣事艺术的核心。其二，现代人通过亲身体验寻根溯源。它力图

回答这样一个具有挑战性的问题：现时代人除了肉体存在形态因环境改变而不断变化外，还有怎样的变化呢？用俗话来说，到底是变好了还是变坏了呢？这是孩子也要问的基本问题。这个命题不需要凭想象去胡猜乱想，它是有迹可循的，关键是我们能否看见，如果我们像艺术史家阿拉斯所说"我们什么也没看见"的话，那就意味着自以为摆脱了古代的愚昧，实际上却沉沦于现实的更深黑暗之中。

圣雅各之路——中世纪的精华

> 欧洲在通往圣地亚哥朝圣之路上诞生了。
>
> ——歌德

人们在称颂文艺复兴时往往易忽视两个重要因素：一是孕育和成就它的中世纪修道院文化，这方面以圣雅各之路为表征；一是滋养和引导它的拜占庭文明，包括希腊知识、理性、智慧和圣事艺术。当我们深入以上两者的内部时，方才知道树干下面根部之广大浩瀚，它们的根源一直延伸到古代地中海文明、两希文明及罗马帝国的内部。从物质营造视角来考察，罗马砌体是一条贯穿通达上述内容的载体，它通过巴西利卡式教堂、拜占庭式教堂、诺曼式教堂而成为帝国躯体上新信仰形式的物证，古老的长方形会堂变为盛纳精神灵语的宏大空间，华贵的大理石被素朴的石块所取代。当人们齐聚教堂为本城命运祈祷时，那石块的坚定性为人们提供了信心和勇气。

图2-9 诗人歌德以一句箴言"欧洲在通往圣地亚哥朝圣之路上诞生了"，精辟地概括出欧洲的起源

中世纪西方人崇拜圣物，

是受拜占庭影响，而更为遥远的根源可溯至东方佛教，以及传到地中海世界后的各种变化形态。拜占庭的圣事器皿，尤其是圣骨盒，给予西方基督徒以深刻印象，法王菲力普二世曾重金购买耶稣荆冠，德国的神圣罗马帝国皇帝则设法弄到了东方三圣王（即东方三博士）的遗骨，它们分别奠定了哥特式大教堂构思理念的基础，巴黎圣母院大教堂、兰斯大教堂、亚眠大教堂、科隆大教堂、圣维特大教堂的建筑奇迹，就是在这样的激情中被创造出来的。

圣雅各之路的存在与兴起，曾引起当时仍处于高度文明阶段的西非统治者的注意。11 世纪初，穆拉比特王朝的官员出行时经常被汹涌的朝圣人流阻挡，眼前这些衣衫褴褛但兴高采烈的粗人使衣冠楚楚的官员们十分惊讶与好奇，他们来自何方？朝觐活动是何时开始的？均不得而知。一位博学的官员这样写道：

> 比利牛斯山两侧的基督徒都去向他祈祷，这个伟大而有感召力的人物是谁？路上来来往往的人之多，几乎已无处落脚。有人告诉我们说这个人是"圣雅各，我们的上帝和救世主的使徒"，他的躯体埋在加利西亚，被尊奉为基督教世界（法国、英国、意大利、德国，而最重要的是西班牙）的守护神和保护人。

然而，这位博学官员并未意识到，在这些粗人身上洋溢着的"愚昧的而单纯的信仰热忱"，日后竟会发展成一种高级信仰文化。

圣地亚哥朝圣路不仅极大提升了西班牙在基督教世界的地位，更重要的是显示了中世纪的精华——惊人的创造力，文艺复兴的基础在这里悄悄准备着：朝圣之路上创造出的科学、文学、艺术对整个欧洲产生了辐射式影响，大批具有奇特想象的彩饰手稿（最著名的是贝亚图斯的《启示录评注》）传到法国南部，给克吕尼、穆瓦萨克、图卢兹的罗马式雕塑注入了灵感；同时，还为史诗文学的回忆性主题提供了传播方式，不仅被《罗兰之歌》吸收并转化为法国形式，而且哺育了西班牙本土的英雄史诗《熙德之歌》。

朝圣者们沿途的演奏与歌唱，将安达卢西亚抒情风格的韵律和追求信仰的崇高理想完美结合在一起，它跨越了国界，深刻影响了法国和低地国家的游吟诗人与爱情歌曲，《因斯布鲁克，我不得不告别你》便是代表。朝圣之路将欧洲各地学者汇集到托莱多的翻译学院，回去时带走了伊斯兰、西班牙的伟大哲学家和智者们主要著作的拉丁文译本，以及托莱多其他知识分子（他们可能是基督徒、穆斯林或犹太人）著作的译本。同时，西欧的新鲜事物也随着朝圣之路而进入伊比利亚半岛：罗马式和哥特式、教会的礼仪和等级制度、罗马的体制与法国文学、拜占庭的圣事艺术、意大利的学术成就和博洛尼亚学派的法律体系等等。

伟大的朝圣之路！它是第一代使徒雅各、彼得、保罗、约翰实现"将福音传到地极"誓言的地方，是催生卓越想象和崇高精神的地方，是历史上无数名人、贵族隐姓埋名苦行全程的地方。在途中，每一件事物都具有非同寻常的意义，其神奇的吸引力是不信者们难以理解的。作为一个敞开的精神空间，它允诺热烈的信仰者们以肉身与心灵全部提升的可能，是使徒时代精神意志力无比强大的见证。

城——建筑的精神和语言

朝圣者们头顶烈日来到阿斯托尔加,一座地处卡斯蒂利亚-莱昂大区中央部位的万人小城（或大镇）,两座教堂呈犄角之势而立,尖顶高耸,竞相在天空显示自己的符号力量。两座教堂分立而又整合,是它著名的原因。实际上,阿斯托尔加大教堂是一座罗马式、哥特式、巴洛克式三种风格混成的教堂,历时三个多世纪的建造期,使它成为一个混合风格建筑的典型。裂隙是明显的,那些对早期罗马会堂风格的肆意改变,在当时可能出于创新的迫切需求,但后来却被证明并不成功。那些后来增添上去的巴洛克风格饰面,虽极尽雕琢事工,但其精神涣散、表现乏力亦是明显的。主体钟楼可能是人们引以为傲的,月了本坒焦糖色的砂岩,增加了一种噱头说法,但专家一眼便能看出,那些往上堆砌的华丽丰硕,早已失去了原来基础中蕴含的力量。

安东尼·高迪设计的主教宫是一座仿哥特式城堡的教堂,我们在此可见到这位建筑大师对西班牙精神史的阅读能力,扇贝自不必说,铁皮尖顶加公鸡风向标,三面扇贝组合成双曲面,形成朝向各一百二十度的门。它的内部是连拱圆顶和纤细柱式,是对科尔多瓦的后倭马亚王朝宫廷建筑的有机参照和运用。这种伊比利亚化的阿拉伯风格是安东尼·高迪早期设计阶段的偏爱,它反映出这位设计大师对历史综合的特殊兴趣,以及堂吉诃德式梦幻城堡的潜在影响。后来他在"神圣家族大教堂"的设计中,再次返回加泰罗尼亚的生态主义和原始风格,试图从中找到某种新颖表现力的可能。

图 2-10 阿斯托尔加大教堂正门 罗马式、哥特式、巴洛克式三种风格的混成，它实际上透露了一个重要信息：来自世界各地的不同民族，在朝圣路上形成了信仰价值的共同体

　　或许，要彻底认清某个事物还必须进一步拉开时空距离。我们要回到的立足点是罗马帝国时代。阿斯托尔加城在公元 70 年开始成为罗马最重要的矿业城市，其建筑体现出一种特殊的稳定感。城西有一座罗马风修道院，紧挨着不到二十米远有一处古罗马遗址，它虽然没有庞贝遗址的华丽，但却汇聚着罗马人在这座城市长久待下去的打算，合理的罗马风格布局中，马赛克镶嵌地面、标准的罗马砌体与四处竖立的纪念碑铭、一丝不苟的地下基础设施、坚固厚重的堡垒式城墙构成了完整的罗马式居住文化概念。就这样，建筑的语言与精神逐渐完成了从亚平宁半岛到伊比利亚半岛的转移，为造就出崭新的变体奠定了基础。

管风琴与精神空间

我再度坐在大教堂的管风琴下，抬头仰望着神秘的楼上二层。现代高楼多的是，相比之下圣地亚哥大教堂的高度不算起眼，但它对生灵的召唤力却无可比拟，这里面蕴藏着人被创造出来的所有奥秘。当这一奥秘变成显规则之后，人们开始忘记，以为可以凭借人的力量达到任何目的，或是超越一切。

然而，教堂存在的事实，默默无言地反驳着现世的一切。15、16 世纪的圣乐大师不仅创造了音乐本身，而且创造出如雕刻般美丽的唱诗班席，为大教堂的建筑形式奠定了空间基础。不论是罗马式、拜占庭式或哥特式大教堂，管风琴都在唱诗班席上方，它与圣歌共同担负起拉丁十字的双翼，支撑着拔地而起的神性空间。为了给歌手们以演唱的灵感，整个唱诗班坐席被作为一件雕刻作品来整体营造，因此，当歌手的复调和声旋律与管风琴雄浑的音声回荡于空间中时，圣事艺术的整体便显露出华美本真之相。在这里，有形的事物被无形的音流贯通，抽象的空间被具体的情感充塞，所有形象都来自艺术家的想象王国。在一个没有摄影机和照相机的时代，使徒、圣人、天使、精灵、怪物们的造型是这样有根有据、丝丝入扣，就像艺术家亲眼所见，这本身就是一桩不可思议的奇迹。

无论如何，圣事艺术的盛期是人类艺术最好的时代之一，整体的人在这个空间中得到了全面的滋养与成长，他／她身体的每一个部分都被激活，视觉、听觉、身体、心灵均处于激越状态。于是，雕刻大师们源源不断地创造出引导人们永远抬首仰望的艺术杰作，当管风琴鸣响的瞬间，持续升华的心魂汇聚于教堂的高顶穹窿，人性的高贵在垂直空间向度方面充分彰显，灵魂直抵天国的通衢顿开。如果要为这一心灵过程提出示范，那么圣地亚哥大教堂的浮雕门楣"荣耀之门"，便是最典型生动的例子。

标志 / 意象的转化

　　大使徒雅各到加利西亚传道时，出于渔夫本能而随身带牡蛎贝壳、葫芦与棍杖，以此来应对饥渴疲劳。这几件天然之物从此在基督信仰的意义系统中开始了彼此不同的命运，牡蛎贝壳逐步升华，最终与光轮结合；而葫芦仍然是一般物件，就像一件内衣或一只鞋子，至多是纪念物，基本仍处于形而下层面。其中道理何在？

　　牡蛎贝壳被绝大多数人公认为地中海的象征，自有其深刻道理。人认识万物首先以自身为尺度。扇贝的形非同一般，它的整体双曲面的形状与"生命之源"有着天然联系。从任何角度看过去，扇贝的抛物曲线都是完美无缺的，表面的放射形纹理线条的排列，具有将本然生命提升至太阳光轮的基质。人们不用花费太大气力，便可借助这一联想通道而将该基质的潜在价值提升出来。

　　在生命直觉的引导下，中世纪的圣事艺术家们对贝壳内曲面的纹理进行了解读、发挥和升华，其结果是扇贝与圣人背后的光轮达成融合。那么这种结合的美学依据是什么呢？此时，一个非常重要的时代背景是：佛教圣像和拜占庭圣像的背光早已存在了数百年。西方基督徒尽管处于黑暗摸索中，但一定知道这些圣像，见到过它们存有的形式，甚至引发过心灵震撼。现代人也许难以想象，古代人对圣像是多么敏感！据史书记载，罗马城在蛮族大军兵临城下时，由希腊教父率赤手空拳的人群将圣像抬至城头上，竟使围城大军因畏惧其眼神而不敢进攻，乃至数年都受此影响。此记载一方面证明了形象的威力，另一方面也是后来蛮族皈依的重要因素。信仰的动力驱使皈依基

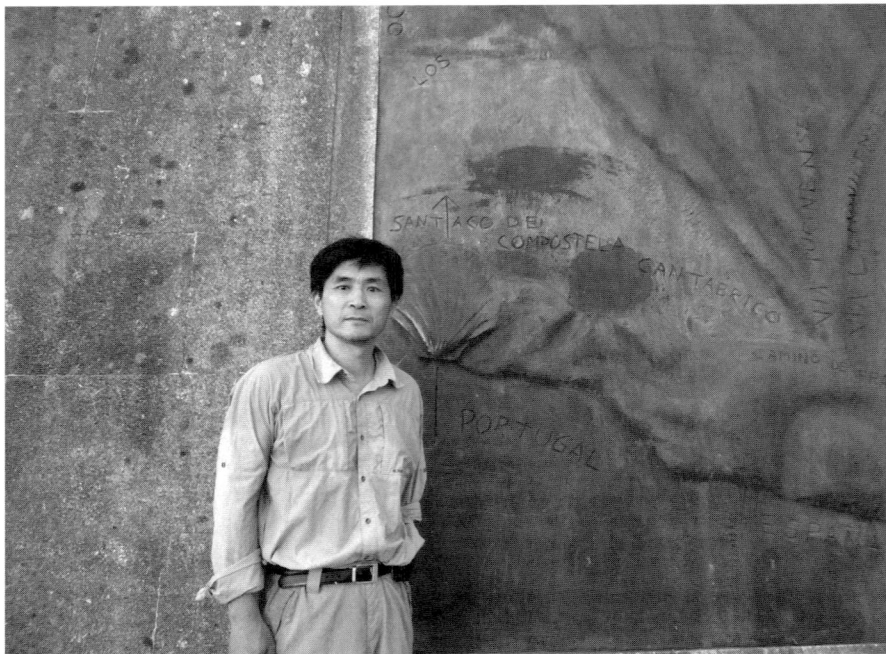

图 2-11 作者在牡蛎贝壳雕塑前，陷入对标志和意象的思考

督教的蛮族历经数百年的持续探索，而创造出属于西方本土的神圣象征体系，其中最重要的动力来自教会。圣奥古斯丁在 5 世纪初就已将"上帝之城"与普罗提诺的"神光流射说"进行了整合，为西方基督教艺术走出蒙昧黑暗而辟出了精神路向。这时，唯一需要的是代表性人物与标志的出场，使徒雅各与牡蛎贝壳首先被照亮。或换句话说，第一个来到西方蛮族地区传道者使徒雅各，与标识他渔夫身份、供给他生命滋养的牡蛎贝壳，成为西方蛮族皈依基督教之后的第一批信物，它们脱离了传统的狭义的"圣地"概念而成为向外邦人传道的象征，成为基督教转变为普世信仰的物证。

我们注意到，在圣雅各之路途中的任何一座教堂的主堂立面上，圣人背后的光轮均为牡蛎贝壳的变形，它一般都呈现为内曲面，表征对圣人的保护与围合。这种意向不断扩散，甚至教堂的其他装饰花纹也努力向贝壳的纹理靠拢，例如水池、花结、光轮、华盖等。这种将自然物体转化为标志，并在物质文化中不断泛化与扩散，是东西方信仰精神文化的一个普遍特征。在佛教中，莲花作为第一标志，其转化与扩散也同样广泛，但莲花与扇贝两者间最大差异在于：扇贝是在神学美学的大厦中成长的，垂直向度的提升力使它始终处于不断上升的途中；而佛教莲花的成长环境基本处于一个平面，缺乏垂直向度空间。例如，在中国我们常见到的莲花须弥座，它作为建筑的基础是一种空间的平面展延，没有显示任何垂直向度的空间意识。这种空间向度的根本差异，也是信仰差异的体现，佛陀是"觉悟的人"，伟大的智者，经由"平视、亲近、断俗念"，即能入佛境；而耶稣是上帝派入凡尘的神，只不过是"道化肉身"，对他的认识必须抬首仰望才行。这种信仰形态本身的差异在转移到物质形态的过程中越来越大，最终导致双方形同路人。

不可否认，佛教思想曾深刻地影响过地中海世界，那时距基督教产生还有二百余年，但到了中世纪时，西方世界的前进脚步已不可阻挡。在信仰冲力的驱动下，扇贝被强烈的生命激情所拥抱，它能量劲足，向各个方向投射、渗化甚至滥化，它变身为各种美丽之形，加入整合大美的造型队列。经典案例首推莱昂的圣马可修道院，建筑的外壁装饰中排列了无数扇贝，每个造型都有丰富变化而不雷同。另一方面，扇贝形成为圣人形象整体构成中的重要一维，它不断变化成各种形式反复出现。这里已不仅仅是艺术表现的层面，而体现了西方文明高度集中的注意力：决心力超拜占庭，确立西方在信仰方面的正宗地位，一举结束已持续数百年之久的东西方宗教正统位置之争。

很显然，在这场竞争中西方是胜利者，昔日蛮族的耿直顶真的气质，以及生命力的强韧度，帮助他们在这场长达一千年的精神长跑中赢得了最后胜利，拜占庭不得不将代表高贵精神的权杖，转交给以前瞧不起的野蛮群族。之所以大批拜占庭学者甘愿流亡欧洲，是因为这些智慧者早已知道，东方已没有希望，只有转投西方，即使他们曾于 1204 年攻陷并劫掠了君士坦丁堡。

伊比利亚印象

　　伊比利亚半岛，处于欧弤最西端的蛮荒之地。最早是腓尼基人，随后是迦太基人殖民冒险的初始地，也是诞生征服梦想的处女地。放眼遥望比利牛斯山脉怀抱中的原野风光，丘陵地伏、植被葱笼、牧场辽阔、房舍亮丽，草坪呈现出相异的色彩和质地，像一幅幅针脚缜密的连缀织绣锦毯。这里表征的是欧洲自然地理的普遍景象，但伊比利亚延伸至法兰西的绿色，显得浓郁、收敛、温和，而英伦的绿色则略显苍白，呈现出一种清晨冷露较多、生长期慢的厚重，甚至带有凯尔特未被驯化的狂野因素。

　　行走在朝圣之路上，其道路的基质耐人寻味，分别为不同材料的铺路石，黑色、黄色、白色、杂色，利用碎石滤水功能来平衡密林中小径的泥泞，以形成永久性的通道。这些铺路的基质材料由附近城镇居民提供，没有统一的规则。它折映出一幅早期民族迁徙与聚合的图景，该图景是如此持别，迥异于人类所有的迁徙，因为它不是按利己或生物原则来进行，而是为了一个理念，仅仅是为了一个理念！

　　我认为，不同的铺路方式代表了不同民族的体质特征，而最终能够成就一条路则表征出信仰对不同民族的凝聚力，他们来自不同地区，生活习惯自然相异，但为了一个信仰，竟能将一条路从大陆的这头修到那头。在城镇民居的样式中，我们可看到罗马建筑文明是如何一点点渗透到西方民族生存内部的，人们首先是通过对石块和水泥基本性质的认识，对拱券形成的建筑空间的体验，而把握某

图 2-12　伊比利亚半岛　位于大西洋东岸，是诞生征服梦想的处女地，那色彩明丽的山川大地犹如一幅针脚缜密的织绣锦毯

种陌生文明的要素。人们一旦明白后，便不再离开须臾，而是竭尽全力地予以发扬光大。在或大或小的村镇中，各种筑体都有榜样，教堂永远是最高的典范，是榜样中的榜样。其他建筑总是从教堂那里获得灵感，取其某一局部来作为自己要建房屋的依据。这种传统历经十几个世纪的陶冶与融汇，已成为根植于西方民族血液深处的记忆。

圣雅各之路断想

一

北展剧场凤凰古乐团萨瓦尔演出。它提供了一个对比古今音乐生活品质的图景，两者孰高孰低一目了然。

二

各个教堂中的唱诗班席空。它们已被围上栏绳、长期闲置，与之相应的是现行弥撒过程中愈趋粗劣的音乐水准，如此判断是与专业团体演唱水平相比较而来的。如果说顶级圣乐今天只存在于极少数专业团体中的话，那么在过去却是普及和广泛存在的，它说明了一个人们不愿意接受的事实：当科学与技术不断进步之时，在艺术与工艺方面却不可挽回地全面退化。

三

管风琴演奏水平。勉强的延续与无奈的闲置，是管风琴如今的状况。自1937年巴黎圣母院首席管风琴师玛丽亚·维多尔逝世以后，大师时代便一去不复返。尽管还有里希特、伯姆、戈麦兹等人，但再也不见弗雷斯科巴尔迪、科莱里、舒茨、布克斯泰伍德、巴赫这类大师巨匠的形影。

四

圣地亚哥大教堂浮雕门楣"荣耀之门"。其中一组关于音乐家与乐器的雕像，便充分表明了昔日音乐生活的发达，而且它具有无比丰厚的基础。如今在教堂内外的音乐生活却显出一派粗浅流行的趋势，也许它更贴近时代的节奏、趣味，但流行的绝非好东西，这已是常识。

五

音乐生活失落、雕塑技巧遗忘、绘画艺术衰退，仅剩下仪式在单独支撑，圣事艺术已分崩离析。圣乐的终结使其他艺术饱受"唇寒齿亡"之苦，使得现今教堂仪式陷入尴尬境地。能真正看懂石头语言的人，就能还原出创造石头语言的人的形象，而并非要靠《魔戒》《指环王》才能认识。我们无法回避这样的问题：现今在圣雅各朝圣路上行走的人，还是创造以教堂为表征的圣事艺术的那些人吗？当我们在教堂中看到那些空空如也的唱诗班席位，而它的华丽使人立即联想到曾在这席位上回荡的美妙圣乐时，难道不感到一种强烈的失落感吗？

六

带着这些疑问，我在圣地亚哥大教堂前广场上徘徊良久、反复观察，仔细辨认那已然消逝的历史痕迹。广场街头的音乐生活主角是风笛手、鼓手、吉他手、小提琴手以及声乐队组合，其演奏/演唱水平基本是流行加乡村。正规演出则是音乐会式的，均与教堂/

唱诗班席原初意图无关，这究竟说明了什么？值得我们深思。我认为，现在到了要反思"社会进步论""科技万能论"的时候了，因为它们是一柄双刃剑，在带来生活便利的同时也扼杀了诗和音乐。因此，才有海德格尔的话语：在世界的黑夜，诗人的使命是为寻访神圣而走遍大地。